L'ÉVEIL

Livre cinq

sorcière

L'ÉVEIL

Cate Tiernan

Traduit de l'anglais par
Roxanne Berthold

Éditeur : François Doucet
Traduction : Roxanne Berthold
Révision linguistique : Isabelle Veillette
Correction d'épreuves : Suzanne Turcotte, Carine Paradis
Conception de la couverture : Tho Quan
Photo de la couverture : © Thinkstock
Mise en pages : Sébastien Michaud
ISBN papier 978-2-89667-421-3
ISBN numérique 978-2-89683-064-0
Première impression : 2011
Dépôt légal : 2011
Bibliothèque et Archives nationales du Québec
Bibliothèque Nationale du Canada

Éditions AdA Inc.
1385, boul. Lionel-Boulet
Varennes, Québec, Canada, J3X 1P7
Téléphone : 450-929-0296
Télécopieur : 450-929-0220
www.ada-inc.com
info@ada-inc.com

Diffusion
Canada :   Éditions AdA Inc.
France :   D.G. Diffusion
                 Z.I. des Bogues
                 31750 Escalquens — France
                 Téléphone : 05.61.00.09.99
Suisse :   Transat — 23.42.77.40
Belgique :   D.G. Diffusion — 05.61.00.09.99

Imprimé au Canada

Participation de la SODEC. SODEC
Nous reconnaissons l'aide financière du gouvernement du Canada par l'entremise du Programme d'aide au
développement de l'industrie de l'édition (PADIÉ) pour nos activités d'édition.
Gouvernement du Québec — Programme de crédit d'impôt pour l'édition de livres — Gestion SODEC.

À GC et EF : tous mes remerciements

1

Tisons

Ils se sont évadés ce soir, toute la bande. Selene Belltower, Cal Blaire, Alicia Woodwind, Edwitha de Cair Dal et les autres — ils ont filé entre mes doigts. Ils savaient que je les pourchassais. Ils savaient que je me resserrais autour d'eux. C'est ma faute. J'ai été trop prudent, trop préoccupé par mon obsession de prouver mon affaire, sans aucun doute, que j'ai laissé trop de temps passer. J'ai échoué, misérablement. Encore pis, Morgan est presque morte parce que je ne les ai pas arrêtés.

Je dois briser les sortilèges d'ombrage pour pénétrer dans la maison de Selene. Impossible qu'elle ait eu le temps de tout emballer. Peut-être pourrai-je trouver des indices, quelque chose qui me dira où elle est allée ou ce que son groupe planifiait.

Merde, merde, merde !

— Giomanach

Je me tenais debout auprès de Bree Warren et de Robbie Gurevitch, mes deux plus vieux amis, sur la pelouse derrière la maison de Cal Blaire. Ensemble, nous avons observé les flammes qui jaillissaient avec furie du pavillon pour jeter un voile de fumée sur la lune de novembre. Quelque part dans le brasier, nous avons entendu un craquement, et une partie du toit a cédé. Une fontaine d'étincelles chauffées à blanc s'est élevée vers le ciel.

— Mon Dieu, a lâché Bree.

Robbie a secoué la tête.

— Tu es sortie de là juste à temps.

Des sirènes ont retenti au loin. C'était la dernière nuit de novembre, et plusieurs couches de neige avaient recouvert le sol, mais l'air de la nuit était chaud et sec dans ma gorge à mesure que je l'avalais goulûment.

— Vous m'avez sauvé la vie, suis-je parvenue à cracher.

Puis, je me suis retournée en toussant. Respirer était douloureux. Ma gorge était à vif, j'avais mal aux poumons, et chaque cellule de mon corps avait soif d'oxygène.

— Tout juste, a murmuré Robbie.

Il a glissé son bras sous mon coude pour me soutenir.

J'ai frissonné. Je n'avais pas besoin que Robbie me rappelle à quel point j'avais frôlé la mort, prisonnière d'une pièce minuscule enveloppée de sortilèges et dissimulée dans le pavillon de la piscine. Emprisonnée par Cal Blaire, mon petit ami. Mes yeux, qui brûlaient déjà en raison de la fumée, se sont embués de larmes.

Charismatique, confiant, d'une beauté surhumaine, Cal avait réveillé en moi une émotion qui dormait depuis seize ans. C'était Cal qui m'avait aimée le premier, comme aucun autre garçon. C'était Cal qui m'avait amenée à réaliser que j'étais une sorcière de sang, dotée de pouvoirs dont j'ignorais même l'existence dans le vrai monde. C'était Cal qui m'avait montré comment l'amour et la magye pouvaient s'entrecroiser jusqu'à ce que j'aie l'impression que toute l'énergie de l'Univers m'enlaçait, ruisselait en moi, là, à ma disposition.

Et c'était Cal qui m'avait menti, qui m'avait utilisée. Cal qui, moins d'une heure plus tôt, avait tenté de me tuer en mettant le feu au pavillon.

Le hurlement des sirènes des camions d'incendie se rapprochait, et je pouvais apercevoir le faible reflet des gyrophares à travers les épais nuages de fumée. La lumière rouge illuminait le gris ambiant comme un feu de l'enfer. Je me suis retournée pour voir où se trouvaient les camions avant de retenir mon souffle en voyant deux silhouettes sombres et sans visage surgir devant moi.

Les silhouettes se sont transformées en Hunter Niall et sa cousine, Sky Eventide, deux sorcières britanniques arrivées dans notre ville quelques semaines plus tôt. Oh, bien sûr, ai-je réalisé dans une légère confusion. Je leur avais envoyé un message par la pensée à eux aussi, les suppliant de m'aider. J'avais oublié.

— Morgan, est-ce que ça va? m'a demandé Hunter de son accent vif. As-tu besoin de voir un médecin?

J'ai secoué la tête.

— Je pense que ça va.

À présent que je pouvais respirer, mon corps bouillonnait d'adrénaline, et je ressentais un étrange sentiment de détachement.

— Une ambulance accompagnera les camions d'incendie, a fait remarquer Bree. Tu devrais les laisser t'examiner, Morgan. Tu as inhalé beaucoup de fumée.

— En fait, si Morgan se sent assez bien, il serait préférable que nous partions maintenant.

Hunter a jeté un coup d'œil par-dessus son épaule. Le premier camion s'engageait dans la cour serpentine en gravier devant la maison où Cal et sa mère, Selene Belltower, habitaient.

— Je pense que ce serait mieux de ne pas parler aux autorités pour l'instant. On nous poserait trop de questions embarrassantes. Sky, est-ce que ça te dérangerait de les distraire quelques minutes pour nous permettre de partir…

Sky a hoché la tête avant de piquer une petite foulée sur la pelouse. En s'arrêtant à quelques mètres de la maison, elle a levé les mains. Intriguée, je l'ai regardée déplacer ses mains dans les airs dans des mouvements de danse compliqués.

— Qu'est-ce qu'elle fait ? a demandé Robbie.

— Elle jette un sort d'illusion, a expliqué Hunter. Elle fait croire aux pompiers que l'incendie s'est propagé vers la maison. L'illusion ne durera que quelques instants, mais elle suffira à les empêcher de voir nos voitures quitter les lieux.

Il a hoché la tête en signe d'approbation vers Sky, qui filait dans notre direction.

— Allons-y. Nous n'avons pas de temps à perdre. Robbie, si tu prends le volant de la voiture de Morgan, nous pouvons tous nous rencontrer au bout du pâté de maisons.

J'ai été vaguement impressionnée par sa façon rapide de prendre le contrôle de la situation. Pas un mot sur ce qui venait d'arriver. Aucune expression de choc ou d'horreur. Il avait gardé la tête froide. Normalement, cela m'aurait agacée, mais à ce moment-là, je me sentais rassurée ; en sécurité, ou presque.

Robbie a filé vers ma voiture. Je m'apprêtais à le suivre quand Bree a attrapé mon bras.

— Viens. Je vais te prendre dans ma voiture, a-t-elle dit.

Nos regards se sont croisés. Même sur les lieux d'un incendie, sa chevelure lustrée coupée aux épaules était parfaitement coiffée. Mais le choc des événements se lisait dans ses yeux sombres.

Auparavant, nous étions si proches que nous pouvions compléter nos phrases. C'était avant qu'elle ne s'intéresse à Cal, avant qu'il ne me choisisse, moi. Ce matin, Bree et moi étions des ennemies. Mais ce soir, je lui avais envoyé un message télépathique, alors que je vivais le moment le plus difficile de ma vie. C'est *elle* que j'avais appelée. Et elle m'avait entendue et était venue à ma rescousse. Il restait peut-être de l'espoir pour nous deux.

— Viens, a répété Bree avant de me mener vers sa BMW.

Elle m'a aidée à me hisser sur le siège du passager avant de contourner la voiture

pour prendre place sur le siège du conducteur. Alors que nous avancions sur la cour
arrière étroite et sinueuse, elle jetait des
coups d'œil anxieux dans le rétroviseur.

— Ils s'affairent toujours autour de la
maison. Personne n'est encore passé dans
la cour arrière, a-t-elle dit.

Un sourire s'est dessiné sur ses lèvres.

— Le sortilège de Sky a vraiment fonctionné, on dirait. Toute cette sorcellerie ne
cesse de me renverser.

Elle m'a jeté un regard à la dérobée.

— C'était vraiment étrange d'entendre
ta voix aussi clairement dans mon esprit,
a-t-elle ajouté après un moment. Je pensais
que je devenais folle. Puis, je me suis dit
qu'il s'était passé tellement de choses
étranges ces derniers temps que je devais probablement prendre ton appel sérieusement.

— Je suis contente que tu l'aies fait. Tu
m'as sauvé la vie, ai-je répondu.

Ma voix était rauque, et le simple fait de
parler a provoqué une nouvelle quinte de
toux.

— Tu es certaine que ça va ? a demandé Bree quand je me suis rassise droite. Aucune brûlure ni rien ?

Aucune blessure externe, ai-je sombrement songé. J'ai secoué la tête.

— Je suis vivante, ai-je dit. Grâce à toi.

Ce n'était pas exactement une réconciliation, mais c'était le mieux que je pouvais faire en ce moment.

Au bout du pâté de maisons obscur et silencieux, nous nous sommes garées derrière la Ford verte de Sky. Robbie était déjà arrivé, appuyé contre la portière de ma voiture, Das Boot. J'ai grimacé en regardant ma Valiant 1971 démolie. Ma voiture était bosselée et il lui manquait un phare en raison d'un accident mineur que j'avais eu une semaine plus tôt. Puis, il y avait quelques instants, Robbie avait piloté Das Boot pour défoncer le mur du pavillon où j'étais prisonnière. À présent, le capot était gravement bosselé aussi.

— OK, a commencé Hunter.

Il parlait d'un ton brusque, mais j'avais l'impression d'entendre sa voix filtrée comme si je me trouvais sous une toile lourde. Pour une raison ou une autre, je n'arrivais pas à me concentrer.

— On va nous poser beaucoup de questions sur ce qui est arrivé ce soir : comment l'incendie s'est déclaré et tout. Il faut raconter la même histoire. Robbie et Bree, je pense qu'il serait préférable que vous prétendiez ne pas avoir été là. Ainsi, personne ne vous interrogera.

Robbie a croisé les bras.

— Je vais dire la vérité à nos amis de Cirrus, a-t-il dit. Ils ont le droit de savoir.

Cirrus était l'assemblée de sorcières que Cal avait organisée. Robbie et moi en étions membres, de même que quatre autres personnes.

— Cirrus, a lancé Hunter en frottant pensivement son menton. Tu as raison, ils doivent le savoir. Mais, je t'en prie, demande-leur de garder tout ça pour eux.

Puis, il s'est tourné vers moi.

— Morgan, si tu t'en sens capable, je dois te parler. Je vais ensuite te conduire chez toi en prenant ta voiture.

J'ai grincé des dents. Parler ? Maintenant ?

— Ça ne peut pas attendre demain ? a brusquement demandé Bree.

— Ouais, a renchéri Robbie. Morgan est vraiment déboussolée. Sans vouloir te froisser, Morgan.

— J'ai bien peur que non, a dit Hunter.

Sa voix était douce, mais son ton n'invitait pas à la réplique.

Robbie a semblé vouloir s'obstiner, mais il a tout simplement remis les clés de ma voiture à Hunter.

Sky s'est tournée vers Hunter.

— Je vais tenter de découvrir où ils sont allés, comme nous en avons parlé, a-t-elle dit.

— D'accord, a convenu Hunter. Je te verrai à la maison plus tard.

— Où qui est allé ? ai-je demandé.

Tout se déroulait trop rapidement pour moi.

— Cal et Selene, m'a indiqué Sky en passant une main dans ses courts cheveux blond argenté. Leur maison est bouclée par des sortilèges d'ombrage et leurs deux voitures ont disparu.

J'ai difficilement avalé ma salive. La pensée qu'ils étaient en liberté, qui sait où, était terrifiante. J'ai eu une conviction soudaine et irrationnelle qu'ils se cachaient derrière un arbre ou quelque chose d'aussi mélodramatique, occupés à m'espionner en ce moment même.

— Ils ne sont plus à Widow's Vale, a affirmé Hunter comme s'il pouvait lire mon esprit. J'en suis certain. Je serais capable de le détecter si c'était le cas.

Bien que la partie logique de mon cerveau m'indiquait qu'il n'y avait aucune certitude dans la vie, quelque chose dans la voix de Hunter me donnait envie de le croire. J'ai ressenti une bouffée de soulagement, suivie d'un torrent de douleur intense. Cal était parti. Je ne le reverrais jamais plus.

Hunter a glissé une main sous mon coude pour me mener vers ma voiture. Il a ouvert la portière du passager, et je me suis glissée à l'intérieur. Il faisait un froid frigorifiant à l'intérieur de la voiture, ce qui, combiné à l'adrénaline qui pompait toujours dans mon corps, m'a fait trembler si fort que mes muscles sont devenus douloureux. Hunter a démarré le moteur et a allumé le phare restant avant de s'engager dans la rue silencieuse bordée d'arbres.

Il n'a pas prononcé un mot, et je lui en étais reconnaissante. Habituellement, Hunter et moi étions comme feu et poudre. Il était un investigateur, envoyé par l'Assemblée internationale des sorcières pour enquêter sur Cal et Selene et leur mauvaise utilisation de la magye. Il m'avait dit qu'ils étaient maléfiques. Avant que je découvre, horrifiée et secouée, qu'il s'agissait de la vérité, Cal et moi l'avions presque tué. Ce n'était qu'une des raisons pour lesquelles j'étais vraiment mal à l'aise près de lui.

Et dans l'un de ces liens qui semblaient être communs parmi les sorcières de sang, Hunter était le demi-frère de Cal. Mais là où Cal était sombre, Hunter était pâle; des cheveux de la couleur du soleil, des yeux vert pâle et des pommettes sculptées. Il était beau, mais d'une façon complètement différente. Hunter était frais, comme l'air et l'eau. Cal était séduisant. Il était terre et feu.

Cal. Toutes mes pensées revenaient vers lui. J'ai regardé par la vitre en tentant de refouler mes larmes, sans succès. Je les ai donc essuyées du revers de ma main.

Graduellement, j'ai réalisé que je ne reconnaissais pas la route sur laquelle nous roulions.

— Où allons-nous? ai-je demandé. Ce n'est pas le chemin pour se rendre chez moi.

— C'est le chemin vers chez *moi*. J'ai pensé qu'il serait préférable que tu prennes une douche, pour enlever l'odeur de fumée de tes cheveux et tout ça, avant de faire face à tes parents.

J'ai hoché la tête, soulagée qu'encore une fois, il ait pensé à tout. Mes parents — mes parents adoptifs, en fait — n'étaient pas à l'aise avec mes pouvoirs et le fait que je pratiquais la sorcellerie. Non seulement étaient-ils catholiques, mais ils étaient aussi effrayés par ce qui était arrivé à ma mère biologique, Maeve Riordan. Seize ans plus tôt, Maeve et mon père biologique, Angus Bramson, avaient été brûlés vifs. Personne ne savait exactement comment c'était arrivé, mais il semblait très évident que le fait qu'ils étaient sorcières avaient eu tout à voir avec l'incident.

J'ai posé ma main sur ma bouche pour tenter désespérément de trouver la logique dans les événements des dernières semaines. À peine un mois plus tôt, j'avais découvert que j'étais adoptée et que j'étais descendante de l'un des Sept grands clans de la Wicca — une sorcière de sang. Mes parents biologiques étaient morts alors que je n'étais qu'un bébé. Ce soir, j'avais presque partagé leur sort.

Et aux mains de Cal. Aux mains du garçon avec qui j'avais espéré partager le reste de ma vie.

Devant nous, un lièvre brun était assis au milieu de la route glacée, figé dans le phare de ma voiture. Hunter a appliqué les freins, et nous avons patienté.

— Peux-tu me raconter ce qui s'est passé ce soir? a-t-il demandé d'une voix étonnamment douce.

— Non.

Ma main était toujours appuyée contre ma bouche, et j'ai dû l'en retirer pour lui expliquer ma réponse.

— Pas tout de suite, ai-je dit avant que ma voix ne soit brisée par un sanglot. Cela fait trop mal.

Le lièvre a émergé de sa paralysie avant de bondir pour se réfugier de l'autre côté de la route. Hunter a appuyé sur la pédale d'accélération et Das Boot a poursuivi son chemin.

— D'accord, a-t-il dit. Plus tard.

La maison de Hunter et de Sky était située sur une rue tranquille, quelque part en bordure de Widow's Vale. Je n'avais pas réellement porté attention au parcours. À présent que la poussée d'adrénaline pour m'être échappée de l'incendie s'était calmée, je me sentais épuisée, sonnée.

Il a garé la voiture. Nous nous trouvions dans une cour recouverte d'une canopée d'arbres. Nous sommes sortis dans l'air froid de la nuit et avons suivi une voie étroite. J'ai suivi Hunter dans un salon où un feu brûlait dans un petit foyer. Un sofa usé en velours bleu était collé contre un mur. Une de ses pattes était brisée, et le sofa se tenait de travers. Deux fauteuils dépareillés se trouvaient devant lui, et une planche posée en équilibre sur deux caisses en bois faisait office de table basse.

— Tu auras besoin de prendre une douche et de vêtements propres, m'a indiqué Hunter.

J'ai jeté un coup d'œil à la petite horloge sur le manteau de la cheminée. Il était presque vingt-et-une heures. J'étais plus qu'en retard pour le dîner.

— Je dois appeler mes parents d'abord, ai-je dit. Ils ont probablement contacté la police à présent.

Hunter m'a tendu un téléphone sans fil.

— Devrais-je leur dire qu'il y a eu un incendie? lui ai-je demandé, me sentant perdue.

Il a hésité.

— Le choix t'appartient, bien sûr, a-t-il enfin affirmé. Mais si tu le leur dis, tu devras leur fournir beaucoup d'explications.

J'ai hoché la tête. Il avait raison. Un autre secret que je ne pouvais partager avec ma famille.

Avec nervosité, j'ai composé le numéro de chez moi.

Papa a répondu, et j'ai décelé le soulagement dans sa voix après que je l'ai salué.

— Morgan, où dans le monde es-tu ? a-t-il demandé. Nous allions appeler les agents de police !

— Je suis chez un ami, ai-je répondu en tentant d'être aussi honnête que possible.

— Est-ce que ça va ? Ta voix semble enrouée.

— Je vais bien. Mais Cal et moi... nous nous sommes disputés.

Je me débattais pour garder une voix calme.

— Je... je suis un peu vexée. C'est pour ça que je n'ai pas appelé plus tôt. Je suis désolée, ai-je ajouté sans conviction.

— Eh bien, nous étions vraiment inquiets, a dit papa. Mais je suis content que tu ailles bien. Rentres-tu à la maison maintenant ?

La porte avant s'est ouverte, et Sky est entrée. Elle m'a jeté un coup d'œil avant de poser son regard sur Hunter et de secouer la tête.

— Aucune trace, a-t-elle dit à voix basse.

Un frisson a parcouru mon épine dorsale.

— Bientôt, papa, ai-je dit dans le combiné. Je serai à la maison bientôt.

Papa a soupiré.

— N'oublie qu'il y a de l'école demain.

Je lui ai dit au revoir et j'ai raccroché.

— Tu ne les as pas trouvés ? ai-je anxieusement demandé à Sky.

— Ils sont partis. Ils ont camouflé leurs traces à l'aide de tellement de sortilèges de camouflage, je ne saurais même pas dire la direction qu'ils ont prise, a indiqué Sky. Mais ils ne sont assurément pas dans les parages.

Je me tenais là, sentant mon cœur battre et incertaine de ce que je devais faire de cette information. Après un certain moment, Sky a pris mon bras pour me mener à l'étage. J'étais trop absente d'esprit pour remarquer quoi que ce soit d'autre que les deux portes qui étaient fermées. La troisième, entre les deux, s'ouvrait sur une salle de bain étroite.

Sky est disparue dans une des pièces avant de réapparaître un instant plus tard, un peignoir à la main.

— Tu pourras enfiler ça quand tu sortiras, a-t-elle dit. Laisse tes vêtements à l'extérieur, et je vais les mettre dans la machine à laver.

J'ai saisi le peignoir et j'ai fermé la porte, me sentant soudain embarrassée. Je me suis tournée et j'ai osé me regarder dans le miroir. Mon nez était rouge, mes yeux étaient boursouflés, et mes longs cheveux noirs étaient emmêlés et parsemés de cendre. Mon visage et mes vêtements étaient striés de suie.

Je suis hideuse, ai-je pensé alors que le visage de Cal apparaissait à mon esprit à nouveau. Il avait été si incroyablement beau. Comment avais-je pu croire qu'il pouvait réellement aimer une personne comme moi ? Comment avais-je pu être si aveugle ? J'étais tellement idiote.

En serrant la mâchoire, je me suis dévêtue. J'ai entrouvert la porte pour laisser mes vêtements en tas sur le plancher du couloir. Puis, je suis passée sous la douche pour frotter fermement mon corps et mes cheveux, comme si l'eau pouvait nettoyer bien plus que la saleté et la fumée, comme si elle pouvait éliminer ma peine et ma terreur et ma rage, et les évacuer par le drain.

Ensuite, je me suis essuyée et j'ai enfilé le peignoir. Sky était plus grande que moi, et le peignoir s'entassait à mes pieds, informe et terne. J'ai passé un peigne dans mes cheveux mouillés et je suis descendue au rez-de-chaussée.

Sky était assise dans un des fauteuils, mais quand je suis arrivée, elle s'est levée avec grâce pour monter à sa chambre. Quand elle est passée près de moi, elle a posé brièvement la main sur mon épaule.

Hunter se tenait près du foyer, plaçant une bûche dans l'âtre. Une petite théière en céramique et deux tasses se trouvaient sur la table basse. Il s'est tourné vers moi, et je suis devenue profondément consciente de sa beauté.

Je me suis installée dans le sofa, et Hunter s'est assis dans un fauteuil élimé.

— Ça va mieux ? a-t-il demandé.

— Un peu.

Ma poitrine et ma gorge n'étaient plus autant irritées, et mes yeux avaient cessé de brûler.

Les yeux verts de Hunter étaient rivés sur moi.

— J'ai besoin que tu me dises ce qui est arrivé.

J'ai pris une grande respiration puis je lui ai raconté comment Sky et moi avions fait un présage ensemble. Comment elle m'avait aidée à espionner Cal et sa mère dans leur maison protégée par les sortilèges alors qu'ils discutaient avec leurs coconspirateurs et planifiaient me tuer si je ne me joignais pas à eux. Comment on avait assigné à Cal la tâche de me séduire, de m'amener à joindre leurs rangs afin que mon pouvoir se joigne aux leurs. Comment j'ai appris qu'ils étaient aussi à la recherche des outils de l'assemblée de ma mère, des objets au pouvoir énorme qu'ils souhaitaient ajouter à leur arsenal d'armes magyques. Comment j'étais allée parler à Cal, comment il m'avait déjouée avec sa magye et m'avait amenée chez lui.

— Il m'a enfermée dans un *seòmar*, à l'arrière du pavillon, ai-je dit alors qu'une image vivide de l'horrible petite pièce secrète s'élevait dans mon esprit. Les murs étaient couverts de runes sombres. Il m'a probablement assommée. Quand j'ai repris mes esprits, j'ai entendu Selene et lui se disputer à l'extérieur. Elle lui disait de ne pas le faire, de ne pas mettre le feu. Mais Cal a dit — ma voix s'est brisée de nouveau —, il a dit qu'il réglait le problème. Il voulait dire moi. J'étais le p-p-problème.

— Chut, a doucement dit Hunter.

Il a avancé sa main vers moi et a posé sa paume contre mon front. J'ai ressenti un picotement de chaleur se propager en moi, comme un millier de petites bulles. Il a soutenu mon regard pendant que la sensation gagnait tout mon corps, atténuant l'effet de ma douleur jusqu'à ce que je puisse la supporter.

— Merci, ai-je dit, émerveillée.

Il a souri brièvement, son visage se transformant l'espace d'un instant. Puis, il a poursuivi :

— Morgan, je suis désolé d'insister, mais c'est important. Ont-ils mis la main sur les outils de ta mère biologique ?

Maeve avait fui son Irlande natale après la décimation de son assemblée, Belwicket. J'avais récemment retrouvé ses outils, les outils anciens de son assemblée. Selene les avait ardemment désirés.

— Non, ai-je dit à Hunter. Ils sont en sécurité. Je le saurais si ce n'était pas le cas ; ils sont liés à moi. De toute façon, je les ai cachés.

Hunter nous a versé chacun une tasse de thé.

— Où ?

— Euh, sous la maison de Bree. Je les ai déposés là avant d'aller voir Cal, ai-je dit.

Mon explication semblait si boiteuse que j'ai grincé des dents en lui disant et je m'attendais à ce qu'il me crie des bêtises.

Mais il s'est contenté de hocher la tête.

— OK. Je présume qu'ils sont en sécurité pour l'instant, puisque Cal et Selene se sont enfuis. Mais va les récupérer dès que possible.

— Que peuvent-ils en faire ? ai-je demandé. Pourquoi sont-ils si dangereux ?

— Je ne suis pas certain de ce qu'ils pourraient faire exactement, a affirmé Hunter, mais Selene est très puissante et douée en magye, comme tu le sais. Et certains des outils — l'athamé et la baguette, en particulier — ont été fabriqués il y a très longtemps, avant que Belwicket ne renonce à la magye noire. Ils ont été purifiés depuis, bien entendu, mais ils ont été fabriqués pour être porteurs d'énergies sombres. Je suis persuadé que Selene pourrait trouver un moyen de leur redonner leur état d'origine. J'imagine, par exemple, qu'entre les mains de Selene, la baguette de Maeve pourrait magnifier le pouvoir de la vague sombre.

La vague sombre. J'ai ressenti un souffle froid dans mes entrailles. La vague sombre avait anéanti l'assemblée de Maeve. Elle avait aussi détruit l'assemblée des parents de Hunter et avait forcé son père et sa mère à demeurer cachés depuis dix ans. Ils manquaient toujours à l'appel.

Personne ne semblait savoir ce qu'était la vague sombre exactement — était-ce une entité avec une volonté bien à elle ou une force de destruction gratuite telle une tornade? Tout ce que nous savions était que peu importe où elle passait, elle semait la mort et l'horreur; des villages entiers disparus en cendre. Hunter croyait que Selene était liée à la vague sombre d'une manière ou d'une autre. Mais il ne savait pas comment.

J'ai posé ma tête dans mes mains.

— Est-ce que tout ceci arrive parce que Cal et Selene sont des Woodbane? ai-je demandé d'une voix faible.

Woodbane était le nom de famille d'un des Sept grands clans de la Wicca. Traditionnellement, être Woodbane signifiait de ne pas posséder de sens moral. Au cours de l'histoire, les Woodbane avaient utilisé tous les moyens à leur disposition, y compris faire appel à des esprits ou de l'énergie obscurs, pour accroître leur puissance. Apparemment, tout cela avait changé quand l'Assemblée internationale des sorcières avait été fondée et avait instauré des lois pour régir l'utilisation de la magye. Mais, comme je l'apprenais graduellement, le monde de la Wicca était aussi fragmenté et divisé que le monde de tous les jours dans lequel j'avais vécu durant les seize premières années de ma vie. Et il existait de nombreux Woodbane qui ne menaient pas leur vie conformément aux lois du Conseil.

J'étais une Woodbane, moi aussi. Je n'avais pas voulu le croire quand je l'avais découvert, mais la tache de vin en forme de poignard à l'intérieur de mon bras en était la preuve. De nombreux Woodbane, si ce n'est tous les Woodbane, avaient cette tache de vin quelque part sur leur corps. Elle était connue sous le nom de l'athamé des Woodbane parce qu'elle avait la forme du poignard de cérémonie qui faisait partie des outils de toute sorcière.

Hunter a poussé un soupir, ce qui m'a rappelé qu'il était lui-même à demi-Woodbane.

— C'est la question à se poser, n'est-ce pas ? Honnêtement, je ne sais pas ce que ça signifie, être Woodbane. Je ne sais pas ce qui est inné et ce qui est acquis.

Il a déposé sa tasse avant de se lever.

— Je vais aller voir si tes vêtements sont secs. Ensuite, je te raccompagnerai chez toi.

Sky nous a suivis dans sa voiture afin de pouvoir ramener Hunter chez lui. Lui et moi sommes demeurés silencieux pendant tout le trajet. L'effet apaisant que son toucher avait eu sur moi était entièrement disparu à présent, et mon esprit jouait en boucle les mensonges de Cal, ce qu'il m'avait crié, la magye qu'il avait utilisée pour tenter de me tuer. Comment une relation qui avait été si douce, qui m'avait fait me sentir si bien, avait pu se transformer ainsi ? Comment avais-je pu être aussi aveugle ? Et pourquoi, même maintenant, une partie honteuse de moi souhaitait l'appeler ? Cal, ne me laisse pas. Cal, reviens. Oh mon Dieu. J'ai avalé ma salive alors que de la bile surgissait dans ma gorge.

— Morgan, a dit Hunter alors qu'il se garait devant ma maison. Tu comprends, n'est-ce pas, que tu dois demeurer sur tes gardes ? Cal est peut-être parti, mais il est fort probable qu'il revienne.

Revenir ? Une vague d'espoir, de peur, de rage et de confusion a déferlé en moi.

— Oh mon Dieu.

Je me suis retournée sur mon siège pour me recroqueviller.

— Oh mon Dieu. Je l'aimais. Je me sens si *stupide*.

— Ne pense pas ça, a doucement dit Hunter.

J'ai levé les yeux, mais son visage était détourné du mien. Je pouvais voir ses pommettes, sa peau pâle et lisse dans le clair de lune laiteux filtré par le pare-brise de Das Boot.

— Je sais à quel point tu aimais Cal, a affirmé Hunter. Et je comprends pourquoi. Il y a beaucoup de beauté en lui. Et… et je crois qu'il t'aimait, lui aussi, à sa façon. Tu n'as pas imaginé cet amour, même si je fais partie des gens qui t'ont dit le contraire.

Il s'est retourné vers moi, et nous nous sommes fixés du regard.

— Écoute, je sais que tu as l'impression que tu ne t'en remettras jamais, mais tu vas t'en remettre. Ça ne s'effacera jamais, mais ça cessera *un jour* de te faire si mal. Fais-moi confiance. Je sais de quoi je parle.

Je me suis souvenue de la fois où nous avions joint nos esprits et où j'avais vu qu'il avait non seulement perdu ses parents, mais aussi son frère en raison de la magye noire. Il avait tant souffert que j'ai eu le sentiment que je pouvais le croire.

Il a fait un geste comme s'il allait toucher mon visage, mais il a semblé le freiner et retirer sa main.

— Tu ferais mieux d'y aller avant que tes parents ne sortent, a-t-il dit.

J'ai mordu l'intérieur de ma joue pour éviter de fondre en larmes encore une fois.

— OK, ai-je murmuré.

J'ai reniflé avant de regarder ma maison. Les lumières étaient allumées dans le salon.

Je me suis soudainement sentie mal à l'aise. Après ce rapprochement, devrais-je serrer la main de Hunter ? Lui donner un baiser sur la joue ? Au final, je me suis contentée de lui dire :

— Merci pour tout.

Nous sommes tous deux sortis de la voiture. Hunter m'a remis mes clés avant de se diriger vers la rue sombre où Sky l'attendait à bord de sa voiture. J'ai franchi la cour, mon corps sur le pilote automatique. J'ai hésité devant la porte. Comment pouvais-je agir normalement devant mes parents quand j'avais l'impression d'avoir été déchirée ?

J'ai ouvert la porte d'entrée. Le salon était vide, et la maison embaumait les biscuits aux brisures de chocolat et la fumée de bois. Il restait des tisons dans le foyer, et je pouvais sentir la faible odeur d'huile citronnée que maman utilisait pour nettoyer les meubles. J'ai entendu la voix de mes parents dans la cuisine et le bruit d'un lave-vaisselle qu'on vide de son contenu.

— Maman ? Papa ? ai-je lancé d'une voix nerveuse.

Mes parents, Sean et Mary Grace Rowlands, sont entrés dans le salon.

— Morgan, on dirait que tu as pleuré, a dit maman quand elle m'a aperçue. Ta dispute avec Cal a été si terrible ?

— J'ai… j'ai rompu avec Cal.

Ce n'était pas exactement la vérité, mais ce n'était pas le mensonge qui me bouleversait autant que la vérité de ma situation. Cal et moi n'étions plus ensemble. Nous n'étions plus un couple. Nous n'allions plus nous aimer à jamais. Nous ne serions plus jamais ensemble. Jamais.

— Oh, ma chérie, a dit maman.

La sympathie dans sa voix m'a donné envie de pleurer pour la centième fois lors de cette nuit horrible.

— C'est dommage, a lancé papa.

— Euh, j'ai aussi eu un petit accident avec Das Boot, ai-je dit.

Le mensonge s'était échappé de mes lèvres avant même que j'aie pu le formuler. Je savais seulement que je devais trouver un moyen d'expliquer le capot bosselé de ma voiture.

— Un accident? s'est exclamé papa. Qu'est-il arrivé? Est-ce que ça va? Quelqu'un est blessé?

— Personne n'a été blessé. Je sortais de la cour de Cal et j'ai percuté un lampadaire. J'ai un peu endommagé le capot de ma voiture, ai-je dit en avalant difficilement. Je suppose que j'étais un peu bouleversée.

— Oh mon Dieu, a fait maman. Cela paraît grave! Tu es certaine que ça va? Peut-être que nous devrions te conduire à l'urgence pour qu'on t'examine.

— Maman, je ne me suis pas frappé la tête ou rien.

J'ai étouffé un toussotement.

— Mais… a commencé papa.

— Je vais bien, l'ai-je interrompu.

Je devais gagner ma chambre avant d'avoir une crise de nerfs devant eux.

— Je suis seulement fatiguée, c'est tout. Je veux vraiment aller au lit.

Puis, avant qu'ils ne puissent poser d'autres questions, j'ai filé vers l'escalier. J'ai été soulagée de voir la porte close de la chambre de ma sœur. Je n'aurais pas pu supporter d'autres explications. Ou même de prononcer une autre syllabe.

Dans ma chambre, je me suis arrêtée brièvement pour flatter Dagda, mon chaton gris, qui était roulé en boule sur la chaise de mon bureau. Il a émis un miaulement endormi. Je me suis dirigée vers ma commode pour en sortir mon pyjama en flanelle le plus doux. Mais je me suis figée, les yeux rivés à la petite boîte-cadeau sur le dessus de la commode. Un des cadeaux d'anniversaire que Cal m'avait donnés la semaine précédente : des boucles d'oreille ; des œils-de-tigre dorés sur monture argentée. Je n'ai pas pu m'empêcher d'ouvrir la boîte pour les regarder à nouveau. Elles étaient aussi belles que dans mon souvenir : les boucles en argent formées de nœuds celtiques délicats et les pierres de la même couleur que les yeux de Cal. Je pouvais le revoir ; ses cheveux sombres et fins taillés en pointe, sa bouche sensuelle, ses yeux dorés qui semblaient me transpercer. Sa façon de rire. L'impression que j'avais eue d'avoir trouvé mon âme sœur dès le début.

J'ai déposé les boucles d'oreille dans ma paume. Elles ont dégagé un petit nuage de chaleur. Elles sont ensorcelées, ai-je réalisé avec une montée de nausée. Déesse, elles n'étaient qu'un autre outil pour me contrôler, pour m'espionner. Quand il me les avait données, je me souvenais d'avoir cru que ses cadeaux étaient emballés de son amour. Mais en réalité, ils étaient enrobés de sa magye.

Je ne pouvais pas les garder près de moi, ai-je réalisé. Il faudrait que je trouve une façon sécuritaire de me débarrasser de tout ce que Cal m'avait donné. Mais pas ce soir. J'ai fourré les boucles d'oreille et ses autres cadeaux au fond de mon placard. Puis, j'ai enfilé mon pyjama.

Alors que je tirais mes couvertures, j'ai entendu quelqu'un frapper doucement contre ma porte. Un instant plus tard, maman est entrée.

— Ça va aller ? a-t-elle demandé.

Sa voix était douce.

Et c'est alors que les larmes ont roulé sur mes joues, mes défenses étant complètement submergées. Je sanglotais si fort que tout mon corps en tremblait.

J'ai senti maman s'asseoir près de moi et ses bras m'encercler, et je me suis agrippée à elle comme je ne l'avais plus fait depuis des années.

— Ma chérie, a-t-elle dit, les lèvres dans mes cheveux. Ma fille. Je suis si désolée. Je sais à quel point tu dois avoir mal. Veux-tu en parler?

J'ai levé la tête pour croiser son regard.

— Je ne peux pas... ai-je murmuré d'une voix haletante. Je ne peux pas...

Elle a hoché la tête.

— D'accord, a-t-elle dit. Quand tu seras prête.

Quand je suis grimpée dans mon lit, elle a tiré l'édredon jusqu'à mon menton et a déposé un baiser sur mon front comme si j'avais six ans. Elle a étiré le bras pour éteindre.

— Je suis là, a-t-elle murmuré en prenant ma main dans la sienne. Tout ira bien.

Et c'est ainsi, en serrant fort sa main, que je me suis endormie.

2

Changements

Je suis retourné à la maison de Selene ce soir, après avoir reconduit Morgan chez elle. J'ai attendu que les policiers et les pompiers soient partis puis j'ai passé une heure à tenter d'entrer, mais je ne pouvais pas passer à travers la couche épaisse de sortilèges qu'elle a jetés autour de la maison. C'est vraiment frustrant. J'aurais voulu lancer une pierre vers une des grandes fenêtres en verre poli.

Je me demande si Morgan pourrait y arriver. Je sais qu'elle a pénétré dans la bibliothèque cachée de Selene sans même essayer. Elle est d'une force incroyable, mais elle manque incroyablement de formation aussi.

Non, je ne peux pas lui demander ça. Pas après ce qu'elle a vécu à cet endroit. Déesse, la souffrance

sur son visage ce soir — et tout ça en raison de ce
salaud de Cal. Ça m'a rendu malade.

— *Giomanach*

Je me suis réveillée le lundi matin, consciente que la maison était étrangement silencieuse. M'étais-je réveillée avant mes parents et ma sœur? Cela me paraissait impossible. Ils étaient tous des gens matinaux, d'un entrain hystérique avant midi, un trait que je n'arrivais pas à comprendre. Cela aurait dû me mettre la puce à l'oreille quant à mon adoption.

J'ai plissé les yeux pour lire l'heure. Neuf heures quarante-cinq?

Je me suis redressée droit dans mon lit.

— Mary K.! ai-je crié.

Aucune réponse venant de la chambre de ma sœur. J'ai projeté mes sens pour réaliser que j'étais seule à la maison. Qu'est-ce qui se passe? me suis-je demandé en m'asseyant.

Une quinte de toux a pris ma gorge. En un instant, tout ce qui s'était passé la veille m'est revenu à l'esprit. L'énormité des événements m'a écrasée. Ma tête est retombée sur mes oreillers et j'ai pris une grande respiration.

Neuf heures quarante-huit. Le cours de calcul allait commencer bientôt. J'ai soudain réalisé que je n'assisterais plus aux cours de calcul et de physique avec Cal, et une bouffée d'angoisse est montée en moi. À quel point peux-tu être stupide ? me suis-je demandé, dégoûtée.

Je me suis levée en titubant et je suis descendue au rez-de-chaussée. Une note de maman était posée sur le comptoir de la cuisine.

Ma chérie,

Je pense que tu as besoin de te reposer aujourd'hui. Papa a reconduit Mary K. à l'école, et elle ira chez Jaycee plus tard. Il y a des restes de chili dans le frigo pour déjeuner. Passe-moi un coup de fil pour me dire comment tu vas.

Je t'aime. Maman

PS : Je sais que tu ne me croiras pas pour l'instant, mais je te promets que tu vas t'en remettre.

J'ai cligné des yeux, me sentant à la fois reconnaissante et coupable. Il y avait tellement de choses qu'ils ignoraient; tellement de choses que je ne pourrais jamais leur dire.

J'ai glissé une *Pop-Tart* dans le grille-pain et j'ai saisi un Coke diète dans le frigo. La première gorgée m'a par contre convaincue que c'était une erreur. Les bulles de gaz brûlaient comme des aiguilles alors qu'elles roulaient dans ma gorge. J'ai donc fait du thé avant de feuilleter le journal. Le journal local paraissait deux fois par mois et, bien entendu, pas un mot sur un incendie mineur à Widow's Vale dans le *New York Times* ou l'*Albany Times Union* — notre village étant à deux heures d'une ville ou de l'autre. Je pourrais regarder les nouvelles locales à la télévision plus tard. Je me demandais si l'école aurait une explication quelconque pour la disparition de Cal.

Quand j'ai eu terminé mon petit déjeuner, il était passé dix heures. Pendant un instant, j'ai débattu le mérite de retourner sous les couvertures avec Dagda. Mais je devais m'occuper des cadeaux de

Cal tout de suite, et donc, une visite chez Magye pratique était de rigueur. Je me suis dit que les gens de la boutique, Alyce et David, sauraient quoi faire.

Puis, une pensée horrible a surgi en moi : David et Alyce faisaient partie de Starlocket, l'assemblée de Selene. Était-il possible qu'ils aient eu quoi que ce soit à voir avec ce qui m'était arrivé ?

Je suis retombée sur ma chaise, j'ai posé mes coudes sur la table et mon front contre mes mains. Mon estomac bouillonnait. Est-ce que tous ceux en qui j'avais eu confiance m'avaient trahie ? Magye pratique était comme un sanctuaire pour moi, et Alyce, en particulier, une guide. Même David, qui, initialement, m'avait rendue mal à l'aise, était devenu une personne dont l'amitié m'était précieuse.

Réfléchis, me suis-je intimée. Je m'étais sentie étrange en présence de David, mais jamais menacée. Je n'avais pas entendu leurs voix quand j'étais prisonnière du pavillon. Et Hunter m'avait expliqué que Selene créait des assemblées partout où elle allait pour ensuite détruire les membres qui n'étaient pas des Woodbane. Ni David ni Alyce n'étaient Woodbane. Ils auraient été en danger par rapport à Selene aussi, non?

Tout va bien, me suis-je dit. David et Alyce sont mes amis.

J'ai appelé maman à son bureau et je l'ai remerciée de m'avoir laissée rester à la maison.

— Eh bien, je sais que tu as des cours avec Cal, a dit maman. Je me suis dit que ça aurait été difficile de le voir aujourd'hui.

Ses paroles m'ont rappelé qu'elle ne savait même qu'il était parti. Des nœuds se sont formés dans mon estomac à nouveau. Maman pensait que je souffrais de ma première peine de cœur. C'était certainement la vérité, mais il y avait tellement d'autres causes; la trahison de Cal était beaucoup plus profonde.

— Je suis désolée, ma chérie, mais je dois y aller, a-t-elle dit. J'ai une visite planifiée de la maison à Taunton. Tu iras bien? Tu veux que je vienne déjeuner à la maison?

— Non, je vais bien, ai-je répondu. Je pense que je fais aller faire des courses.

— Te tenir occupée est une bonne idée, a-t-elle dit. Et si tu as envie de m'appeler plus tard, simplement pour parler, je serai au bureau une grande partie de l'après-midi.

— Merci.

J'ai raccroché le combiné et je suis montée à l'étage. J'ai enfilé un jean et un pull de ski épais, cadeau de ma tante Margaret aux fêtes précédentes. Je ne fais pas de ski, et le motif de flocons de neige du pull ne correspondait pas à mes goûts, mais il faisait froid et c'était le vêtement le plus chaud que je possédais.

Je me suis dirigée vers le placard où j'avais fourré les cadeaux de Cal. Mes mains tremblaient alors que je jetais ses cadeaux dans mon sac à dos. J'ai serré la mâchoire et je me suis ordonné de ne pas pleurer à cause des cadeaux, à cause de lui. Puis, j'ai saisi mon parka pour filer dehors.

Je me suis dirigée vers le nord dans ma voiture endommagée et cliquetante, sous un ciel d'hiver morne qui semblait dépourvu de toute couleur. Malgré le sel épandu sur les routes, une mince couche de glace couvrait le sol. Toutes les voitures avançaient lentement. J'ai allumé la radio en espérant y entendre des nouvelles locales, mais je suis plutôt tombée sur un bulletin de météo annonçant que la température actuelle était de moins sept degrés et qu'elle tomberait à moins douze en soirée. Avec le facteur vent, le froid était encore plus brutal.

Je me suis garée juste devant Magye pratique. Pour faire changement, je n'ai eu aucune difficulté à trouver une place de stationnement puisque le pâté de maisons était pratiquement vide. C'est seulement après être sortie de la voiture que je me suis souvenue qu'il me restait un cadeau de Cal, celui que j'aimais le plus : le pentacle qu'il avait porté autour de son cou. Il se trouvait quelque part sur le plancher de ma voiture ; là où je l'avais laissé tomber le jour précédant, quand j'avais réalisé que Cal l'utilisait pour hausser son contrôle sur moi. Je me suis penchée pour fouiller les tapis humides et j'ai trouvé le petit cercle en argent et son étoile à cinq pointes. Sans regarder le pentacle, je l'ai glissé dans la poche extérieure de mon sac.

J'ai poussé la porte en verre lourde et j'ai pénétré dans Magye pratique. La boutique était sombre et douillette, une moitié dédiée aux livres sur tous les aspects de la Wicca, les forces occultes et les pratiques spirituelles de Nouvel âge ; l'autre remplie de fournitures : bougies, herbes, poudres, cristaux, outils de rituel comme des athamés, des pentacles, des robes, et même des marmites. L'air chaud embaumait les herbes et l'encens. Toute la boutique me semblait familière, rassurante, sécuritaire — des émotions qui se faisaient rares chez moi actuellement.

J'ai été surprise de voir une cliente dans la boutique puisqu'il n'y avait aucune voiture à l'extérieur. Alyce parlait avec une jeune femme qui portait un bébé dans un kangourou et tenait la main d'un garçon qui devait avoir environ quatre ans.

Alors que la dame lui parlait, Alyce hochait la tête, libérant plusieurs mèches de cheveux gris de sa longue tresse. Elle les resserrait dans sa tresse sans détacher ses yeux bleus du visage de la jeune femme. Elles semblaient avoir une discussion sérieuse. J'ai parcouru les rangées de livres jusqu'à ce qu'elles aient terminé. Je voulais être en mesure de parler à Alyce et à David en privé.

Puis, j'ai entendu d'autres voix et j'ai vu un couple âgé émerger du rideau qui séparait la boutique de la petite arrière-boutique que David utilisait comme bureau. Ils paraissaient bouleversés, de même que la dame qui parlait à Alyce. Je me suis demandé ce qui se passait. Quelles urgences magyques nécessitaient l'aide d'Alyce et de David ce jour-là?

Le couple âgé discutait avec Alyce et la jeune femme. À voir leur comportement, je pouvais deviner qu'ils se connaissaient tous. Il s'agit probablement des gens qui habitent à l'étage, ai-je réalisé. Magye pratique se trouvait au rez-de-chaussée d'un immeuble de trois étages. Des appartements étaient aménagés aux étages, mais je n'avais jamais aperçu les locataires auparavant. Ceci expliquerait le fait qu'il n'y avait aucune voiture à l'extérieur et que les deux personnes âgées ne portaient que des pulls.

Ils ont quitté la boutique ensemble. Alyce les a observés pendant un moment avant de secouer tristement la tête et de retourner derrière le comptoir.

Je l'ai étudiée en silence. Était-il possible qu'elle ait eu quoi que ce soit à voir avec ce qui m'était arrivé ?

Sentant mon regard, Alyce a levé les yeux.

— Morgan, a-t-elle dit.

Je ne pouvais voir que de l'inquiétude dans ses yeux.

Elle a contourné le comptoir pour saisir mes mains.

— Hunter est venu ce matin pour nous raconter ce qui s'était passé. Tu vas bien ?

J'ai hoché la tête en gardant mes yeux sur elle. J'ai projeté mes sens pour déceler si un danger émanait d'elle, mais je n'ai rien senti.

— Allons derrière pour parler, a dit Alyce. Je vais mettre la bouilloire sur le feu.

Je l'ai suivie derrière le comptoir jusqu'à la petite arrière-boutique où David, l'autre commis, était assis à la table carrée et endommagée qui lui servait de bureau. Un grand livre était ouvert devant lui, présentant des colonnes remplies de chiffres. David, qui était au début de la trentaine, avait grisonné prématurément — selon lui, un trait typique de son clan, les Burnhide. Ce jour-là, son visage semblait défait et las, comme s'il vieillissait pour s'appareiller à ses cheveux gris.

— Morgan, a-t-il fait. J'ai été horrifié d'apprendre ce qui t'est arrivé. Assieds-toi, je t'en prie.

Il a fermé le grand livre pendant qu'Alyce déposait un mélange d'herbes séchées dans une boule d'infusion en métal. Puis, elle s'est tournée vers moi.

— Nous te devons des excuses, a-t-elle dit.

David a hoché la tête en signe d'assentiment.

J'ai attendu nerveusement. Des excuses pour quoi ?

— Nous avons été trop lents pour nous apercevoir des plans réels de Selene, a fait David. Trop lents pour l'arrêter.

Je pouvais ressentir la vérité et le chagrin dans sa déclaration. Mes nerfs ont
commencé à se détendre.

— Ce n'était pas votre faute, ai-je dit.

C'était étrange d'entendre des sorcières
adultes me présenter leurs excuses.

— J'aurais dû voir les manigances de
Selene et de… et des autres.

Je n'arrivais pas à prononcer le nom de
Cal.

De la vapeur a commencé à s'échapper
de la bouilloire posée sur la plaque chauf-
fante, et Alyce a versé l'eau bouillante dans
une théière. Puis, elle a déposé la théière
sur un dessous de plat pour laisser le thé
infuser.

— Selene est une femme très sédui-
sante, a affirmé David. Toute l'assemblée de
Starlocket a été subjuguée par elle ; même
ceux d'entre nous qui auraient dû être pru-
dents. Cal était peut-être le seul à connaître
sa nature véritable.

— Elle est purement diabolique, ai-je
dit avec colère.

La force de mes paroles m'a prise par
surprise.

David a haussé un sourcil argenté.

— C'est plus complexe que ça, je pense. Les choses sont très rarement complètement noires ou blanches.

— Comploter pour me kidnapper ou me tuer? ai-je demandé. Pour voler les outils de l'assemblée de ma mère? Ça n'est pas maléfique, ça?

— Oui, bien sûr, a dit David.

Il ne paraissait pas troublé par mon emportement. En réalité, je réalisais alors que je ne l'avais jamais vu être troublé par quoi que ce soit.

— Ses gestes *étaient* maléfiques. Mais ses intentions étaient peut-être plus compliquées que nous le pensons.

— Ses intentions ne sont pas le problème, a dit Alyce.

J'ai dénoté des touches dures comme l'acier dans sa voix.

David a paru pensif, mais il n'a rien ajouté.

Alyce a versé du thé.

— Menthe, agripaume cardiaque, verveine indienne et une pincée d'herbe à chat. C'est une tisane très apaisante, a-t-elle annoncé comme si elle souhaitait changer de sujet.

Elle s'est assise et a saisi ma main.

— Tout ça doit être si terrible pour toi, a-t-elle dit.

Je ne pouvais rien faire d'autre que de hocher la tête. J'ai pris une grande inspiration.

— Saviez-vous qu'ils étaient tous deux des Woodbane? ai-je lâché.

Je n'avais pas réalisé jusqu'à quel point ceci me troublait jusqu'à maintenant.

Alyce et David ont échangé un regard.

— Oui, a dit David. Mais ce nom n'a plus la même signification qu'avant.

— Morgan, a fait Alyce en posant sa main sur la mienne, tu sais qu'être Woodbane ne fait pas de toi une personne maléfique. Chaque personne choisit sa voie.

— Je suppose, ai-je marmonné.

D'une certaine manière, je voulais croire que Cal n'avait d'autre choix que d'être maléfique en raison de son sang Woodbane. Mais ça voudrait dire qu'il en allait de même pour moi. J'ai poussé un soupir. La Wicca avait été un si bel art au départ. Comment était-elle devenue aussi compliquée et effrayante?

— Si tu as besoin de quoi que ce soit, a dit David, si tu as des questions ou si tu as besoin de parler à quelqu'un…

— D'une épaule sur laquelle pleurer, a ajouté Alyce. Viens nous voir, je t'en prie. Nous sommes si désolés de ne pas avoir été en mesure de te protéger de Selene. Tu es nouvelle dans ce monde, tu es si vulnérable.

— Peut-être pouvez-vous m'aider maintenant? ai-je dit en tirant mon sac à dos sur mes genoux.

J'en ai sorti le contenu.

— J'ai reçu des cadeaux d'anniversaire de… de Cal.

Voilà, j'avais dit son nom.

— Et son pentacle. Ils sont tous ensor-celés. Que devrais-je en faire?

— Brûle-les, m'a conseillé David. Jette un sortilège de purification afin que même les cendres soient libérées de sa magye.

— Je suis d'accord, a affirmé Alyce. Tu dois briser leurs pouvoirs. Ils pourraient toujours agir sur toi et t'influencer tant et aussi longtemps qu'ils existent.

— OK.

Alors que je regardais la pile de cadeaux, l'énormité de la trahison de Cal s'est manifestée, menaçant de me submerger à nouveau. J'ai avalé ma salive et ai combattu les sanglots en replaçant les cadeaux dans mon sac.

— Ce sera difficile, mais c'est un sortilège que tu es la seule à pouvoir jeter, a expliqué Alyce. Si tu veux, tu peux revenir ici après le rituel.

— Peut-être bien que je le ferai, ai-je dit avant de prendre une autre gorgée de thé.

Les cloches accrochées au-dessus de la porte d'entrée ont retenti pour annoncer l'arrivée d'un client dans la boutique.

— Je vais aller voir qui c'est, a dit Alyce en se levant.

Le téléphone a sonné, et David lui a jeté un coup d'œil en fronçant les sourcils.

— Nous y revoilà. Je vous prie de m'excuser.

Une ombre a semblé passer sur le visage d'Alyce.

— Viens, Morgan, a-t-elle dit. Je vais m'occuper de ce client et ensuite, je vais t'aider à trouver un sortilège de purification. Un sortilège très puissant.

Dans la pièce principale, j'ai parcouru les bibliothèques à la recherche de sortilèges de purification pendant que j'attendais Alyce.

Soudain, j'ai entendu David hausser le ton dans l'arrière-boutique. C'était si inhabituel de l'entendre s'énerver que j'ai sursauté et levé les yeux.

— Écoutez, ça ne concerne pas seulement moi. Deux familles vont perdre leur logement! a-t-il crié. J'ai besoin de plus de temps.

Puis, il a dit quelque chose d'autre, mais sa voix avait retrouvé son ton doux normal, ce qui a mis fin à mon espionnage.

J'ai jeté un coup d'œil vers Alyce. Son visage affichait le même air calme qu'à l'habitude, mais j'ai remarqué que ses épaules étaient tendues. Elles se sont décontractées seulement quand le ton de la voix de David est revenu à la normale.

Quand le client a eu terminé son achat, elle s'est jointe à moi. Elle a survolé les tablettes avant d'en tirer un livre mince portant le titre de *Rituels de purification et de protection*.

— Essaie la page quarante-trois. Je pense que tu y trouveras ce dont tu as besoin pour te charger des cadeaux de Cal.

Pendant que je lisais le sortilège, David a haussé la voix de nouveau et, bien entendu, j'ai tendu l'oreille. Je ne pouvais pas m'en empêcher.

— C'est hors de mes moyens, et vous le savez! a-t-il crié.

Alyce m'a jeté un regard furtif. Comme elle savait que j'avais entendu David, je me suis dit : « Pourquoi ne pas lui poser des questions ? »

— Alyce, que se passe-t-il, ai-je lancé directement. À qui David parle-t-il ?

Alyce a pris une grande respiration.

— On dirait bien qu'il parle à Stuart Afton ou, plutôt, à un de ses avocats.

— Mais pourquoi? ai-je demandé. Quelque chose ne va pas ? Et qui est Stuart Afton ?

— C'est une longue histoire, a dit Alyce. La tante de David, Rosaline, la propriétaire de la boutique — de l'immeuble au complet, en fait — est décédée la semaine dernière.

— Je suis désolée de l'apprendre.

Bravo pour mes sens de sorcière. Je n'avais même pas détecté la peine de David. Mes propres problèmes avaient pris toute la place.

— Est-ce que David va bien?

Alyce s'est mordu la lèvre, comme si elle tentait de décider ce qu'elle pouvait me dire.

— Eh bien, la mort de Rosaline n'était pas une surprise. Elle était malade depuis un moment. Mais ce n'est que le début, j'ai bien peur. David avait toujours présumé que, puisqu'il était son seul parent, il hériterait de la boutique, mais Rosaline est morte sans laisser de testament. Et, à l'insu de David, elle avait contracté une dette importante auprès d'un promoteur immobilier local, Stuart Afton.

À présent, je réalisais pourquoi le nom m'avait semblé familier.

— Afton, comme dans Les Entreprises Afton?

J'avais aperçu l'enseigne sur une gravière, au bas de la rue du garage Unser, là où je faisais toujours entretenir Das Boot.

Alyce a hoché la tête.

— Rosaline empruntait depuis des années pour maintenir la boutique à flot et elle utilisait l'immeuble en garantie. La boutique fait à peine des profits, et Rosaline ne pouvait supporter de hausser le loyer des Winston et des Romerio.

— Qui sont les Winston et les Romerio? ai-je demandé.

— Ils étaient tous ici quand tu es arrivée, en fait, a répondu Alyce. Lisa Winston est la dame à qui je parlais — elle habite au deuxième avec ses deux garçons. Les Romerio sont le gentil couple âgé que tu as vu sortir du bureau de David. Ils habitaient au deuxième quand Rosaline a acheté l'immeuble il y a des années — ils se connaissaient depuis tout ce temps-là. Ils n'ont jamais eu d'enfant, ils vivent de la sécurité sociale.

Elle a secoué la tête.

— Il serait impossible pour eux de déménager. Et ce serait difficile pour Lisa Winston également. Son mari l'a laissée sans le sou, avec deux petits garçons.

J'ai secoué la tête, confuse.

— Mais quel est le problème? Pourquoi faudrait-il qu'ils déménagent?

— Eh bien, Rosaline n'a pas emprunté auprès de la banque, elle a emprunté de l'argent à Afton. Je ne suis pas certaine de savoir pourquoi — peut-être parce que la banque refusait de lui faire un prêt. D'une manière ou de l'autre, Afton a récupéré son hypothèque. Il n'a pas à suivre les mêmes règles qu'une banque. Et à présent, il souhaite qu'on lui rembourse le prêt maintenant, sans quoi l'immeuble sera à lui.

Alyce a poussé un soupir.

— À moins que David ne trouve un moyen de ramasser les fonds pour le rembourser ou qu'Afton n'oublie cette dette, l'immeuble appartiendra à Afton. De toute évidence, c'était son plan dès le départ. Il possède les immeubles qui nous entourent. Apparemment, il courtise les acheteurs, et, selon la rumeur, une grande chaîne de librairies souhaite acheter tous les immeubles du pâté pour les transformer en un magasin à grande surface.

— Alors, Afton va simplement jeter ces locataires à la rue ? ai-je demandé.

— Plus ou moins, a acquiescé Alyce. Il ne peut pas les expulser comme ça, mais il peut hausser le prix de leurs loyers au niveau du marché, ce qui revient au même. S'ils perdent leurs appartements, ils ne pourront jamais trouver un logement à leurs moyens dans ce quartier.

— Et Afton n'en a rien à faire ?

Alyce a haussé les épaules.

— Il est un homme d'affaires. Il n'aime pas perdre de l'argent. Crois-moi, David et moi avons passé toute la semaine au téléphone, à tenter de tout faire pour ramasser les fonds nécessaires, mais sans grand succès.

J'ai senti mon estomac se nouer alors que je commençais à comprendre l'impact de tout ceci.

— Qu'arrivera-t-il à la boutique ?

Alyce m'a jeté un regard stoïque.

— Nous allons écouler la marchandise et fermer boutique. Nous ne pouvons nous permettre un loyer dans le quartier, nous non plus.

Je l'ai regardée avec consternation.

— Oh non, vous ne pouvez pas fermer. Nous avons tous besoin de vous ici, à titre de ressource.

La panique augmentait le débit de ma respiration. Après avoir perdu Cal, mon point d'attache, l'idée de perdre Magye pratique, mon refuge, pourrait bien me faire basculer.

— Je sais, ma chère. C'est dommage, mais certaines choses échappent à notre contrôle, a dit Alyce.

— Non, ai-je rétorqué. Nous ne pouvons accepter ça.

J'étais stupéfiée par son calme.

— Tout dans la vie suit son propre cycle, a doucement affirmé Alyce. Et un cycle comprend toujours la mort, sous une forme ou l'autre. C'est le seul moyen de passer au prochain cycle, à la régénération.

Si la fin est arrivée pour Magye pratique, elle est arrivée.

— C'est terrible, ai-je dit avec désarroi. Je n'arrive pas à croire qu'Afton peut faire ceci. Personne ne peut lui parler, lui montrer ce qu'il fait ?

— Il ne veut pas le voir, a répliqué Alyce.

Une ride s'est creusée sur son front.

— Je m'inquiète davantage pour David que pour moi. Je peux toujours recommencer à enseigner, mais je ne sais pas ce qu'il va faire. Cette boutique est plus ou moins sa maison depuis qu'il a terminé le collège. Le coup sera plus dur pour lui que pour moi.

J'ai grincé des dents en signe de frustration, en me demandant s'il y avait quoi que ce soit que je pouvais faire. Organiser une protestation ? Faire signer une pétition ? Occuper les locaux ? Il devait certainement exister un sortilège. Mais je n'étais pas censée lancer des sorts. C'était la seule chose sur laquelle s'entendaient les sorcières plus expérimentées : que mes connaissances n'étaient pas encore assez approfondies. Du reste, me suis-je dit, s'il existait des sortilèges pour ce genre de situation, David et Alyce les avaient sûrement déjà lancés.

— Bon, c'est assez pour la morosité, a dit Alyce d'un ton vif. Dis-moi : est-ce que tu as la marmite de Maeve ?

Alyce savait que j'avais trouvé les outils de ma mère biologique.

— Non.

— Eh bien, choisis une belle marmite, alors, a-t-elle dit.

— Est-ce que j'en ai besoin ? ai-je demandé.

— C'est un outil qui devrait se trouver dans la boîte de n'importe quelle sorcière, a-t-elle expliqué. Et tu en auras besoin pour faire le feu nécessaire pour brûler les cadeaux de Cal. Le feu doit être contenu dans un récipient rond que tu peux entourer de sortilèges de protection.

Je suis allée choisir une marmite sur le présentoir et je l'ai apportée au comptoir. Alyce a hoché la tête en signe d'approbation.

— Tu as toutes les herbes dont tu as besoin? a-t-elle demandé.

J'ai relu le sortilège, et Alyce a déposé dans un petit sac de papier les ingrédients dont j'avais besoin.

— Avant de commencer, assure-toi de purifier la marmite avec de l'eau salée, a-t-elle dit. Puis, purifie-la de nouveau après le sortilège afin que la magye de Cal n'y reste pas imprégnée.

— D'accord, ai-je promis. Merci, Alyce. Et je t'en prie, dis à David à quel point je suis désolée au sujet de sa tante et de la boutique. Si je peux faire quoi que ce soit pour aider...

— Ne t'inquiète pas pour nous, a-t-elle répondu. Tu dois te concentrer à te guérir, Morgan.

Après avoir payé mes achats et quitté Magye pratique, j'ai senti la dépression me gagner de nouveau. Cal n'avait pas seulement été mon premier amour, mais mon premier professeur également. Je ne l'avais pas réalisé auparavant, mais jusqu'au moment où Alyce m'avait annoncé que la boutique pourrait fermer, une partie de moi avait toujours présumé que, même sans Cal, il me resterait un endroit où je pourrais en apprendre davantage sur la Wicca. À présent, il semblait que cet endroit allait disparaître aussi.

3

Purifiée

Décembre 1982

Il y a un an, je n'avais pas d'enfant. Aujourd'hui, j'en ai deux, mais je ne peux être le père ni de l'un ni de l'autre.

Cal, l'aîné, est né en juin. Je l'aime : comment puis-je faire autrement ? Il est si beau, si doux, si confiant. Mais quand il me regarde avec les yeux dorés de sa mère, je n'arrive pas à le supporter. Je ne peux supporter ma peur grandissante à savoir qu'il est la création de Selene, qu'elle va le modeler afin qu'il la suive dans sa folie, et que je ne peux rien faire pour l'en empêcher.

Et pourtant, je me sens contraint à rester. Contraint à rester pour tenter de le sauver.

Gomanach, le cadet, est né il y a à peine trois nuits. De l'autre côté d'un océan et d'un continent, j'ai ressenti la douleur et la joie de Fiona alors qu'il émergeait de son corps. Je brûlais d'envie d'être avec elle, auprès de mon amour le plus cher, de mon âme sœur — et je brûlais d'envie de voir mon nouveau fils. Mais je n'ose pas aller à leur rencontre

*par crainte que Selene exerce une vengeance terrible sur
eux.*

*Déesse, je suis déchiré. Pendant combien de temps
pourrai-je le supporter ?*

— Maghach

J'ai fait un détour rapide avant de me
rendre chez moi : je me suis garée dans la
cour de Bree. Je suis sortie de la voiture et
j'ai jeté un regard à la ronde pour m'assurer
que personne ne m'observait. Même s'il
était midi, un lundi, dans un quartier rési-
dentiel où peu de gens se trouvaient, j'ai
murmuré : « Vous ne me voyez pas : je suis
à peine une ombre » pendant que je filais
vers le côté de la maison de Bree.

Je me suis agenouillée près d'un grand
lilas dénudé pour l'hiver, qui poussait
devant la fenêtre de la salle à manger, et j'ai
fouillé profondément dans le vide sanitaire
camouflé par les racines noueuses. Cachée
derrière un pilotis se trouvait une boîte en
métal rouillé. Je l'avais camouflée à cet
endroit moins de quarante-huit heures plus
tôt, alors que j'allais à la rencontre de Cal.

J'ai tiré soigneusement la boîte de sa cachette. Elle contenait mes possessions les plus précieuses : les outils pour lesquels Cal, Selene et les gens à leurs côtés avaient voulu me tuer. J'ai fourré la boîte et son contenu sous mon blouson avant de me dépêcher à gagner ma voiture.

Quand je suis arrivée à la maison, j'ai jeté un coup d'œil à l'horloge de la cuisine. Il me restait quelques heures de solitude à la maison. Le temps était venu de me défaire des cadeaux de Cal.

J'ai lu le sortilège recommandé par Alyce. Comme elle me l'avait conseillé, j'ai commencé par purifier la marmite à l'aide d'eau salée bouillante, avant de frotter du sel sur les parois intérieures et extérieures. Dans ma chambre, j'ai ouvert la boîte en métal et j'ai fouillé dans les outils de Maeve. J'en ai sorti l'athamé. Comme j'allais exécuter le rituel dans notre cour arrière, j'ai rejeté l'idée d'enfiler la robe en soie verte de Maeve. Impossible de prévoir la visite-surprise d'un releveur de compteurs ou d'un voisin à la poursuite de son chien. Être aperçue dans tous mes atours de sorcière n'était pas exactement une bonne idée.

Je m'apprêtais à fermer la boîte lorsque mes doigts ont effleuré la baguette de ma mère. Elle était faite de bois noir incrusté de minces lignes argentées et dorées. Quatre petits rubis sertissaient sa pointe. Je ne l'avais jamais utilisée auparavant, mais en fermant ma main sur elle, j'ai instinctivement senti qu'elle m'aiderait à concentrer mon énergie et à emmagasiner mon pouvoir.

Le sol était couvert d'une épaisse croûte de neige. La température devait s'approcher du moins douze degrés promis, car il faisait un temps glacial. Le vent s'abattait dans le ciel, contre les arbres et les terres, comme s'il souhaitait fouetter la chaleur du monde.

J'ai transporté mon chaudron et le reste de mes fournitures d'un bout à l'autre de la cour, jusqu'au grand chêne. Dans un livre sur les coutumes celtiques, j'avais lu que le chêne était considéré comme un gardien. J'ai regardé ses branches nues pour réaliser que je me sentais en effet plus en sécurité sous lui. Je savais que l'arbre prêterait son énergie et sa protection à mon rituel.

J'ai déposé la marmite et j'ai commencé à ramasser des branches tombées en secouant la neige qui les couvrait. En remerciant le chêne pour ce petit bois, j'ai cassé les branches et les ai disposées dans la marmite. Puis, à l'aide de l'athamé de Maeve, j'ai tracé un cercle dans la neige. J'ai épandu du sel sur le tracé de l'athamé puis j'ai commencé à ressentir le pouvoir de la terre se déplacer en moi. J'ai dessiné les symboles des quatre orientations de même que ceux du feu, de l'eau, de la terre et du ciel, en invoquant la Déesse pour chacun d'entre eux.

J'ai balayé la neige qui recouvrait une grosse pierre et m'y suis assise, en tentant d'ignorer le vent froid. En fermant les yeux, j'ai commencé à suivre ma respiration, consciente du gonflement et du dégonflement de ma poitrine, du battement rythmique de mon cœur, du sang parcourant mes veines. Graduellement, ma conscience s'est approfondie. J'ai senti les racines du chêne s'étirer, sous le cercle, dans le sol gelé, pour avancer vers moi. J'ai senti le sol même faire écho à toutes les années que ma famille avait vécues dans cette maison. On aurait dit que tout l'amour de ma famille adoptive avait pénétré la terre pour former une partie d'elle, et que cet amour remontait maintenant vers la surface pour me stabiliser.

J'étais prête. J'ai ouvert les yeux et j'ai déposé dans la marmite les herbes qu'Alyce m'avaient données. Je pouvais reconnaître la majorité d'entre elles : un morceau de myrrhe, son odeur caractéristique, des feuilles de patchouli séchées, de la bétoine. Il y avait deux herbes que je ne connaissais pas, mais leur nom est venu à moi alors que je les ajoutais dans la marmite : des larmes d'encens et de petits morceaux d'une racine du nom de gentiane. Enfin, j'y ai ajouté quelques gouttes d'huile de rue et d'huile de pin, et j'ai mélangé tous les ingrédients jusqu'à ce que je sente les essences s'amalgamer.

Je me suis concentrée sur la marmite. Feu, ai-je pensé. Un instant plus tard, une étincelle s'est mise à danser, et j'ai entendu le craquement des flammes. Un mince filet de fumée est monté de la marmite.

— Déesse, je demande ton aide, ai-je commencé avant de jeter un coup d'œil au livre de sortilèges. On m'a donné ces cadeaux pour me ligoter. Accepte-les dans ton feu, purifie-les de leur magye noire et rends-les inoffensifs.

Puis, en avalant difficilement ma salive, j'ai pris les cadeaux de Cal et les ai laissés tomber, un par un, dans la marmite. La magnifique blouse de teinture batik dont la couleur me rappelait une tempête au coucher du soleil, le livre sur la magye des herbes, les boucles d'oreille, le pentacle, et même l'héliotrope qu'il m'avait donné lors de notre dernier cercle. Les flammes ont crépité et ont léché le rebord de la marmite. J'ai vu les pages du livre se courber pour devenir des volutes de cendre rougeoyantes. L'odeur de l'encre qui brûlait était faiblement âcre. De fines mèches de fil brillant volaient vers les cieux alors que la blouse de teinture batik était consommée par les flammes.

Le feu a continué de brûler, toujours plus chaudement, jusqu'à ce qu'il brille d'une lumière incandescente presque trop aveuglante pour mes yeux. Les flammes ont bondi à la rencontre du vent, bien au-dessus de la marmite. J'ai eu le souffle coupé, et mon cœur était douloureux de peine. Là, au milieu des flammes chauffées à blanc, j'ai aperçu Cal tel qu'il était lorsqu'il m'avait donné mes présents, de la tendresse pure dessinée sur son visage. J'ai senti que je tombais encore plus amoureuse de lui, mon cœur s'ouvrant à lui comme une fleur qui s'ouvre au soleil. Des larmes ont brouillé ma vision.

— Non, ai-je dit, soudainement furieuse de voir qu'ici, dans *mon* cercle, la magye de Cal s'élevait toujours pour tenter de me contrôler.

J'ai pris la baguette de Maeve et je l'ai pointée vers la marmite. J'ai senti mes pouvoirs se déverser en elle, s'intensifier. Au-delà de mes pouvoirs, j'ai ressenti ceux de Maeve et de sa mère, Mackenna, deux grandes prêtresses. J'ai commencé à tourner dans le sens des aiguilles d'une montre tout en entonnant les paroles du livre à voix haute.

> « Terre et air, flammes et glace,
> Prenez les ténèbres en moi.
> Purifiez ces objets de leurs intentions
> sombres.
> Ce sortilège ne doit nuire à personne ni
> se retourner contre moi. »

Lorsque j'ai prononcé les derniers mots du sortilège, les flammes ont crépité, comme si elles me répondaient, avant de mourir complètement. Une fumée blanche quasi transparente est montée vers le ciel. La baguette que tenait ma main paraissait légère comme l'air. Je l'ai doucement déposée sur le sol.

Après un certain moment, j'ai rassemblé mon courage et j'ai jeté un coup d'œil dans la marmite. La blouse n'existait plus, le livre non plus. Il y avait quelques morceaux de métal bruni qui devaient être les boucles d'oreille et le pentacle. Les œils-de-tigre semblaient avoir disparu. Je pouvais toujours deviner la forme de l'héliotrope, cependant, recouvert d'une fine couche de cendre. J'ai touché le rebord de la marmite. Elle était déjà froide, malgré les flammes chauffées à blanc qui en avaient émergé à peines quelques instants plus tôt.

J'ai ramassé l'héliotrope. De la cendre blanche en est tombée : la pierre était froide. J'ai projeté mes sens avec prudence pour voir si je pouvais y déceler des traces de la magye de Cal. Je n'en ai trouvé aucune.

Mon poing s'est serré autour de la pierre, et quelque chose au plus profond de moi s'est brisé. C'était une libération cassante et déchirante, comme si le rituel avait non seulement brisé les liens magyques que Cal avait tissés sur moi, mais aussi les liens qui retenaient ma souffrance et ma colère. J'ai jeté l'héliotrope aussi loin que j'ai pu.

— Tu es un salaud, Cal ! ai-je hurlé dans le vent mordant. Un salaud !

Puis, je suis tombée à genoux en sanglotant. Comment avait-il pu me faire ça ?

Comment avait-il pu transformer un sentiment aussi précieux que l'amour en une
trahison si horrible ? Je me suis accroupie et
j'ai prié pour que la Déesse guérisse mon
cœur.

Il m'a fallu beaucoup de temps pour me
relever. Quand je l'ai fait, j'ai senti que la
magye avait quitté le cercle. Tout était rede-
venu normal — peu importe ce qu'était la
normalité.

J'ai ouvert le cercle, j'ai ramassé mes
outils et je suis rentrée à la maison. J'ai
caché mes outils dans le conduit du système de chauffage, de ventilation et de climatisation situé dans le couloir à l'étage.
Mentalement, je me suis dit qu'il faudrait
que je leur trouve une meilleure cachette
bientôt. J'ai purifié la marmite avec de l'eau
salée avant de la fourrer au fond de mon
placard. J'ai pris une douche chaude pour
ensuite faire ce que j'avais voulu faire
depuis le matin.

J'ai pris Dagda, je me suis glissée dans
mon lit et je me suis endormie.

4

Célébration

Août 1984

J'ai fait mon choix, si on peut l'appeler ainsi. Je suis avec Fiona à présent, de retour à la maison, en Angleterre. Notre deuxième fils naîtra dans une semaine, et je ne pouvais rester éloigné d'elle plus longtemps. Elle est ma *mùirn beatha dàn*, ma véritable âme sœur.

Je pense — j'espère — que Selene a enfin accepté cette réalité. Cette fois-ci, quand je suis parti, il n'y a eu aucune supplication. Elle a simplement dit : « Souviens-toi de la loi du triple. Tout ce que tu fais te reviendra. » Elle s'est détournée, et j'ai vu Cal l'imiter avec soin. Je l'ai perdu. Il appartient uniquement à Selene maintenant.

Gomanach a tellement changé depuis la dernière fois où je l'ai vu. Il a presque deux ans maintenant ; il n'est plus un bébé, mais un petit garçon nerveux, aux cheveux semblables à de la soie couleur du blé blanchi et aux yeux verts dansants, comme ceux de Fiona. C'est un enfant heureux, même

79

s'il est toujours timide et un peu effrayé en ma présence.
J'essaie de ne pas lui laisser voir à quel point ça me blesse.

J'essaie aussi de ne pas trop penser souvent à Cal et à
la bataille que j'ai perdue.

— Maghach

— Morgan?

Ma sœur était assise sur le bord de mon
lit et elle me secouait l'épaule.

— Maman m'a demandé de te réveiller.

J'ai ouvert les yeux pour réaliser qu'il
faisait noir à l'extérieur. J'avais l'impression
d'avoir dormi pendant des jours.

— Quelle heure est-il? ai-je demandé
d'une voix endormie.

— Dix-sept heures trente, a répondu
Mary K. en allumant la lampe sur ma table
de chevet, et j'ai vu l'inquiétude dans ses
yeux bruns chaleureux. On attend tante
Eileen et Paula pour le dîner. Elles devraient
arriver d'une minute à l'autre. Hé! Maman
m'a raconté pour Cal et toi. Et j'ai vu l'état
de Das Boot. Est-ce que ça va?

J'ai pris une grande inspiration chevro-
tante avant de hocher la tête. Quelque
chose avait changé en moi durant la céré-

monie de purification. Bien que je me sentais toujours aussi profondément blessée, je ne ressentais plus le même désespoir que ce matin.

— J'ai déjà été plus en forme, mais je vais survivre.

— Cal n'était pas à l'école aujourd'hui, a dit Mary K.

Elle a hésité.

— Il y a une rumeur selon laquelle sa mère et lui ont quitté la ville au cours du week-end. Il y a eu une sorte d'incendie suspect sur leur propriété, et maintenant, ils ont disparu.

— Ils sont partis, c'est vrai, ai-je dit avant de soupirer. Écoute, je ne peux pas en parler pour l'instant. Je vais tout te dire bientôt. Mais tu dois me promettre de garder le secret.

— OK.

Elle m'a jeté un regard solennel avant de passer la porte qui séparait nos deux chambres.

J'ai enfilé un pantalon de jogging et un pull isotherme rouge avant de ramasser mes cheveux en une queue de cheval. Puis, je suis descendue au rez-de-chaussée. Dans l'entrée, j'ai entendu la sonnette suivie du babillage de voix excitées.

— Que se passe-t-il? ai-je demandé alors que j'allais à leur rencontre pour leur souhaiter la bienvenue.

Elles semblaient enjouées et heureuses.

— Nous avons déposé une offre pour une maison aujourd'hui, et elle a été acceptée! m'a informée tante Eileen.

Lorsque ma tante Eileen et sa petite amie, Paula Steen, avaient décidé d'emménager ensemble, maman s'était donné la mission de leur trouver la maison de leurs rêves.

Quelques instants plus tard, nous étions tous réunis autour de la table à manger. Mary K. disposait les ustensiles et les assiettes pendant que papa plaçait les verres à vin, et que maman, tante Eileen et Paula ouvraient contenant après contenant de mets à emporter.

J'ai reniflé l'air sans reconnaître l'odeur de mets chinois ou indiens — nos deux choix habituels.

— Wow. Ça sent bon. Qu'est-ce que c'est?

— Nous avons fait de folles dépenses chez Fortunato, m'a indiqué Paula.

Chez Fortunato était un restaurant gourmet branché qui avait ouvert ses portes environ deux ans plus tôt à Widow's Vale. Notre famille s'y arrêtait rarement, en raison des prix faramineux.

— Qu'est-ce que tu préfères? m'a demandé tante Eileen. Nous avons du filet mignon aux champignons sauvages, des pommes de terre aux herbes, du saumon froid, de la vinaigrette aux asperges, de la salade d'épinards, des beignets aux palourdes et du poulet à la dijonnaise.

— Et gardez-vous de la place pour le gâteau aux noisettes et au chocolat, a ajouté Paula.

— Oh mon Dieu, je ne serai plus jamais capable de bouger, a gémi Mary K.

Paula a fait sauter le bouchon d'une bouteille de champagne, qu'elle a versé dans des coupes pendant que nous prenions place. Elle en a même servi une petite coupe à Mary K. et à moi, même si j'ai surpris maman à lever les sourcils alors que tante Eileen nous tendait nos verres.

— Un toast! a lancé Paula en levant sa propre coupe bien haute. À notre nouvelle maison absolument parfaite et à l'agente immobilière absolument brillante qui l'a trouvée pour nous!

Maman a ri.

— En ne vous y souhaitant que du bonheur!

Nous avons commencé à nous passer les plats. C'était si bon de voir tout le monde si joyeux — même Mary K., qui paraissait si déprimée depuis sa rupture avec son petit ami, Bakker. J'étais heureuse de pouvoir me concentrer sur la bonne nouvelle de gens que j'aimais. J'ai senti que mon corps se détendait, que l'anxiété s'amenuisait quelque peu.

— Alors, dis-m'en plus sur cette maison parfaite, ai-je dit à Eileen.

— Elle est à Taunton, a commencé Eileen (soit une ville à environ seize kilomètres de la nôtre). C'est une petite maison avec des fenêtres en baie, située loin de la rue et avec un magnifique jardin à l'arrière. Il y a un poêle à bois au rez-de-chaussée et un foyer dans la chambre principale. Seul problème : elle est recouverte d'un affreux bardage en vinyle vert.

— Qui est vieux et doit être remplacé, de toute façon, a précisé maman. Sinon, elle déborde de charme.

— Ouais, a fait Paula avec un grand sourire. Suffit de demander à l'agente.

— Quand pensez-vous emménager ? a demandé Mary K. à tante Eileen.

Comme tante Eileen venait de prendre une énorme bouchée de salade d'épinards, maman a répondu pour elle.

— La clôture est prévue pour la semaine prochaine, après l'inspection, a-t-elle indiqué.

— C'est fantastique ! a lancé Mary K. Vous pourriez être emménagées le week-end prochain.

Tante Eileen a saisi la main de Paula et a croisé les doigts de son autre main.

— C'est ce que nous espérons, a-t-elle dit.

Le reste du dîner est passé rapidement, ponctué d'une discussion sur le déménagement et les plans de la maison, et d'une conversation animée sur le nombre d'animaux qu'elles planifiaient adopter une fois établies. Comme Paula était vétérinaire, tante Eileen était d'avis qu'elles pouvaient avoir une ménagerie, composée de plusieurs chats et chiens, et d'un lapin ou deux. Quand est arrivé le moment du dessert, tout le monde rigolait.

Mais soudain, mon sourire s'est figé sur mon visage quand j'ai ressenti la présence de Hunter sur le trottoir devant la maison. Sa présence avait toujours un effet étrange sur moi. La sonnette a retenti quelques instants plus tard, et je me suis levée rapidement.

— J'y vais, ai-je dit.

Je me suis dirigée vers l'entrée pour ouvrir la porte. Hunter se tenait de l'autre côté, revêtu d'un épais pull vert de la couleur exacte de ses yeux. Ses mains étaient enfoncées dans ses poches, et son blouson usé en cuir brun mettait en évidence la largeur de ses épaules.

— Tu n'étais pas à l'école aujourd'hui, a-t-il déclaré.

— Allô à toi aussi, ai-je sèchement dit.

Il a baissé la tête avant de marteler ses pieds pour ôter la neige.

— Euh, ouais. Allô. Comment te sens-tu ?

— Mieux, merci.

Son regard a de nouveau rencontré le mien, et ses yeux brillaient faiblement sous le reflet de la petite lumière à l'entrée.

— Comme je disais, tu n'étais pas à l'école.

Une ligne s'est tracée sur mon front. Était-il allé à mon école pour me surveiller ? Est-ce que Hunter se souciait réellement de moi ?

Mon regard devait être rivé sur lui, car j'ai remarqué que le bout de ses oreilles commençait à prendre une teinte rosée. Rougissait-il ? Probablement pas. Pas Hunter. Il devait avoir vraiment froid.

— Morgan, qui est à la porte ? a crié maman.

— Euh, c'est mon ami, Hunter, lui ai-je répondu. Je reviens dans une seconde.

— Eh bien, invite-le à entrer. L'air froid entre dans la maison.

Silencieusement, j'ai tenu la porte pendant que Hunter franchissait le seuil.

— Nous devons parler, a-t-il dit.

Je savais qu'il avait raison, mais je n'étais pas encore prête.

— Ce n'est pas le moment.

— Je ne parle pas de Cal, a-t-il dit. Je veux dire qu'il faut parler de Cirrus.

Cirrus était l'assemblée que Cal avait fondée. J'en étais membre, de même que Robbie, Jenna Ruiz, Sharon Goodfine, Ethan Sharp et Matt Adler. À l'origine, Bree faisait aussi partie de Cirrus, mais lorsque nous nous étions disputées au sujet de Cal, Raven Meltzer et elle avaient fondé Kithic, une assemblée maintenant dirigée par la cousine de Hunter, Sky.

— Cirrus? ai-je répété d'un air confus. Qu'en est-il de Cirrus?

— Maintenant que Cal est parti, vous devez trouver un autre meneur. Une sorcière initiée.

Je n'y avais même pas pensé. Grâce à Cirrus, Cal avait ouvert à moi le monde de la Wicca, ce qui avait changé mon existence de façon permanente. Sa trahison avait laissé un trou noir et profond dans ma vie, et mes quelques nouveaux systèmes de soutien y étaient maintenant aspirés.

Je ne voulais pas perdre l'assemblée.

— Je pourrais demander à Alyce ou à David de prendre les rênes.

— Alyce et David font déjà partie de Starlocket. J'ai entendu dire qu'Alyce en prenait le contrôle à présent que Selene est partie, a indiqué Hunter.

J'ai gardé le silence, que Hunter a alors brisé.

— J'aimerais diriger Cirrus, a-t-il dit.

À présent, j'étais complètement déboussolée.

— Pourquoi ? ai-je demandé. Tu ne connais aucun d'entre nous. Tu n'habites même pas ici. Pas de façon permanente, en tout cas.

— Je resterai probablement ici pour un moment. J'ai demandé au Conseil de me donner le temps de trouver d'autres pistes me menant vers Cal et Selene. J'aimerais les retrouver.

— Mais tu ignores combien de temps ça te prendra, ai-je argumenté. De toute façon, mon assemblée compte cinq autres personnes. Elles auront peut-être leur mot à dire sur notre prochain meneur.

— Je leur en ai déjà parlé, a affirmé Hunter. Je me suis rendu à ton école aujourd'hui. C'est comme ça que j'ai su que tu n'y étais pas.

Ainsi, il n'y était pas allé parce qu'il s'inquiétait pour moi. À mon étonnement, j'en ai ressenti une pointe de déception. Avant que ma colère ne monte. Comment pouvait-il être aussi présomptueux ?

— Alors, tu leur as parlé, et ils ont dit oui ? Tu es le nouveau meneur ?

— Nous verrons comment ça se passera, a-t-il prudemment dit. Il y aura un cercle chez moi demain, à dix-neuf heures. J'espère t'y voir. Ce sera une bonne chose pour… tout le monde.

— Un cercle un mardi soir ?

— Ça ne peut pas attendre à samedi, a indiqué Hunter. C'est important que Cirrus se reforme rapidement. Lorsqu'une assemblée est brisée de cette façon, cela peut avoir des effets dévastateurs sur ses membres. De plus, nous ignorons de quelle sorte de magye Cal a peut-être usé sur les membres. J'ai demandé à tout le monde de rapporter les pierres que Cal leur a données afin de les purifier. Tu devrais apporter la tienne aussi, ainsi que tout ce qu'il t'a donné.

— J'ai déjà tout purifié, ai-je dit en ressentant un triomphe tout enfantin quand j'ai aperçu la surprise dans ses yeux.

Peut-être qu'enfin, il cesserait d'agir comme s'il était si supérieur à moi, si détaché, me donnant l'impression qu'il avait dix ans de plus que moi plutôt que deux.

Au moment même où ces pensées prenaient forme, je savais que je me montrais injuste envers lui. Il essayait réellement d'aider. Mais ses compétences me contrariaient, car elles me donnaient l'impression d'être maladroite, naïve.

Il a probablement senti un changement dans mon attitude et en a conclu que le problème de l'assemblée était résolu, car il est passé à un autre sujet.

— Bon, mon deuxième point, a-t-il dit, c'est toi. Tu as tout un héritage — un pouvoir beaucoup plus grand que celui dont jouissent la majorité des sorcières de sang, sans compter les outils de Belwicket. Mais tu ne possèdes que des notions rudimentaires sur les façons de te concentrer et de contrôler ton pouvoir. Et tu en sais encore moins sur la manière de te protéger.

J'ai accueilli ses paroles comme une accusation et j'ai senti la colère gonfler à nouveau en moi.

— J'ai seulement appris que j'étais une sorcière de sang il y a un mois. Je sais que j'en ai beaucoup à apprendre.

Hunter a poussé un soupir.

— Tout ce que j'essaie de dire est que tu es sacrément en retard. La majorité des sorcières de sang sont initiées à l'âge de quatorze ans, après avoir étudié pendant des années. Les sorcières doivent connaître l'histoire de la Wicca et des Sept grands clans ; les rituels de la Déesse et de Dieu, et les huit grands sabbats ; l'herboristerie ; les notions de base de la numérologie ; l'utilisation appropriée des talismans et des runes; les propriétés des minéraux, des métaux et des pierres, et leurs interactions avec les cycles des corps célestes. Toutes les correspondances; la lecture des auras; les sortilèges de protection, de guérison, de ligotage et de bannissement. Et, même s'il s'agit d'une matière plus avancée, tu dois aussi en savoir plus sur les Gardiens des tours de guet...

Un éclat de rire soudain a retenti dans la cuisine où tante Eileen, Paula et ma famille s'attardaient en buvant du café. La cuisine paraissait si sécuritaire et réconfortante, un monde dont je ne faisais plus entièrement partie, un monde que j'avais tenu pour acquis. Une pensée horrible s'est révélée à moi.

— Ma famille est-elle en danger? ai-je lâché.

Hunter a passé une main dans ses cheveux blond pâle. De minuscules cristaux de neige s'étaient pris dans ses cheveux, si bien que de petits amas façonnaient ses cheveux en pointes, lui donnant l'air d'avoir huit ans.

— Je ne pense pas, a-t-il dit. Du moins, pas pour l'instant. Comme le plan de Selene a été exposé, je pense qu'elle et sa bande vont se terrer pour l'instant. Tu peux être en sécurité un moment, et il est vital que tu en profites. Tu dois te mettre aux études.

J'ai rongé l'ongle de mon pouce. Il avait raison.

— J'ai acheté quelques livres chez Magye pratique, lui ai-je dit. Je ne les ai pas lus d'une couverture à l'autre, mais je les ai survolés.

Je lui ai indiqué les titres.

— Et, bien entendu, j'ai presque tout lu le Livre des ombres de Maeve.

Il a hoché la tête d'un air approbateur.

— Ce sont tous de bons titres. Continue à les lire, et nous en reparlerons dans quelques jours. Prends en note tes questions. Je pourrai te donner une liste de livres quand j'aurai une meilleure idée de ce que tu sais.

— Hé.

Mary K. a surgi dans l'entrée.

— Hunter, n'est-ce pas ? Comment ça va ?

— Bien, merci, a-t-il dit en lui adressant un sourire étonnamment chaleureux. Et toi?

— Bien.

Mary K. a enroulé une mèche de cheveux auburn autour de son doigt.

Était-elle en train de *flirter* avec lui?

— Hunter doit partir maintenant, ai-je dit.

Il m'a regardée avant de hocher la tête.

— Bonne nuit, a-t-il lancé à ma sœur.

À moi, il a dit :

— Tu as l'air fatiguée. Repose-toi bien.

— Il est vraiment canon, a dit Mary K. alors que la porte se refermait derrière lui.

— Oh, je t'en prie, ai-je grogné avant de regagner le groupe dans la cuisine.

5

Obscurité

Avec l'aide d'Athar, je suis parvenu à briser les sortilèges d'ombrage aujourd'hui. Nous y avons mis une bonne partie de la journée. Athar était agacée parce que je lui faisais manquer une journée de travail.

Mais je n'ai rien trouvé d'utile à l'intérieur. Si Selene a laissé quoi que ce soit, elle l'a verrouillé dans sa bibliothèque, et je ne parviens pas à y entrer. Le Conseil va m'envoyer un gars de Boston la semaine prochaine pour m'aider à ligoter la maison par des sortilèges. Peut-être sera-t-il en mesure d'y parvenir. Je ne vais pas demander l'aide de Morgan. Il est déjà assez évident qu'elle ne m'aime pas.

J'aimerais qu'il en soit autrement. Il y a quelque chose dans ses yeux, dans sa façon de se *tenir la tête, qui m'attire mystérieusement vers elle.*

— Giomanach

Quelque chose me poursuivait, je pouvais le sentir. Une obscurité profonde m'entourait, tentait de me trouver et de m'envelopper. J'ai tenté de dessiner les runes de protection, mais je n'arrivais pas à lever les mains : mes doigts ne fonctionnaient plus. J'avais été ligotée, comme quand Cal m'avait faite prisonnière.

De la fumée et des flammes brûlaient dans ma gorge, et j'ai entendu une voix crier : « Pas encore ! » D'une manière ou d'une autre, je savais que la voix appartenait à ma mère biologique, Maeve.

Puis, des visages se sont élevés dans l'obscurité étouffante : Selene et Cal. Je les ai suppliés de me laisser tranquille. J'ai serré les lèvres, car je savais, sans savoir comment, qu'ils voulaient que je respire dans l'obscurité pour qu'elle devienne une partie de moi.

Au moment où j'avais l'impression que j'allais suffoquer, j'ai aperçu un faible rayon de lumière. Les visages de Cal et de Selene ont disparu quand la lumière s'est approchée. Puis, j'ai commencé à distinguer un nouveau visage en son centre.

Hunter.

Je me suis réveillée, en sueur et haletante. Mon cœur cognait fort contre ma poitrine. J'ai repoussé les cheveux qui tombaient sur mon front en sueur et j'ai survolé la pièce du regard. J'étais dans ma propre chambre. J'étais seule. Dagda dormait sur un oreiller qui était tombé sur le sol. Il faisait toujours nuit noire à l'extérieur.

J'ai frissonné. Mon rêve avait été si intense que j'avais l'impression qu'il se trouvait toujours en moi. J'ai tiré sur les draps. Ils étaient complètement enroulés autour de moi. J'ai lâché un rire tremblant. Pas étonnant que j'aie eu l'impression d'étouffer. Les draps m'entouraient comme s'il s'agissait d'une camisole de force. Je me suis libérée avant d'étirer la main vers ma table de chevet pour allumer la lampe. Pas tellement mieux. La lampe projetait des ombres sinistres sur les murs de ma chambre. Je me suis donc levée pour allumer le plafonnier. Dagda s'est étiré et a cligné des yeux endormis. Je l'ai pris dans mes bras pour l'amener dans mon lit.

— C'était seulement un cauchemar, ai-je annoncé à mon chaton ronronnant. Mon cerveau tentait simplement de traiter tout ce qui m'est arrivé.

J'ai enveloppé mes épaules de l'édredon. De moite, j'étais devenue transie. Ma fenêtre était-elle ouverte ? J'ai jeté un regard de ce côté, mais non, elle était fermée. Je me sentais néanmoins anxieuse, perturbée. Mon cœur a repris son battement syncopé. Était-ce uniquement les suites de mon rêve, ou mes sens de sorcière captaient-ils quelque chose ?

En serrant Dagda contre mon corps, je me suis levée pour me diriger vers la fenêtre. J'ai pris de grandes respirations en tentant de me calmer les esprits. Comme Dagda commençait à se tortiller, je l'ai déposé sur le sol. Je ne voulais pas être distraite.

En me forçant à respirer normalement, je me suis ouverte à la nuit. À mesure que mes sens sortaient de ma chambre douillette pour gagner la cour arrière, j'ai pu sentir l'air mordant et glacial sur mon visage. Le monde était silencieux sous son manteau de neige, et même les arbres semblaient être endormis. Les maisons étaient remplies de corps endormis ; une voiture s'avançait lentement sur la route. Au-delà, je ne ressentais plus grand-chose, seulement un vague froid.

Puis, j'ai senti une vague de nausée me frapper. On aurait dit qu'une boue froide avait rempli mes veines. La seule fois où j'avais ressenti une telle sensation était quand Cal avait usé de magye pour me ligoter.

Il y avait de la magye noire dans l'air de Widow's Vale cette nuit. J'en étais convaincue.

Garde l'esprit clair, reste calme, m'a intimée une voix dans mon esprit. Était-ce la mienne ? Ne combats pas cette sensation, m'a dit la voix. Examine-la.

Dès que j'ai arrêté de combattre la nausée, elle a semblé se dissiper. J'ai réalisé que je n'étais pas influencée. Ce n'était pas une attaque — peu importe ce qu'elle était, cette magye n'était pas dirigée vers moi. On aurait dit que j'avais pris une bouffée d'une odeur vraiment nauséabonde sans toutefois entrer en contact avec sa provenance.

Mais de quoi s'agissait-il ? Et d'où est-ce que ça provenait ?

Soudain, j'ai pu apercevoir le champ où Cal nous avait menés lors de notre premier cercle. Je ne pouvais distinguer ce qui s'y passait, mais j'étais certaine de voir le lieu où la magye était pratiquée.

J'ai retenu mon souffle. Cela ne pouvait signifier qu'une seule chose : Cal et Selene étaient de retour. Qui d'autre aurait pu se rendre dans ce champ en particulier ? Ils étaient là, et ils travaillaient sur des sortilèges de magye noire. Ces sortilèges ne m'étaient pas adressés. Mais ce n'était qu'une question de temps avant qu'ils viennent pour moi.

6

Un nouveau cercle

Kennet Muir, mon mentor au Conseil, m'a téléphoné de Londres pour m'annoncer qu'il avait une nouvelle mission pour moi. Un chat à la gorge coupée a été trouvé dans une banlieue de Montréal, et le Conseil craint qu'une assemblée de francs-tireurs aient fait renaître des rituels de sang bannis depuis le XIXe siècle.

Tout ça fondé sur la découverte d'un chat mort ! C'est ridicule : ce serait pure perte de temps d'y aller, et c'est ce que j'ai dit à Kennet. Je lui ai dit que je devais rester ici, qu'il me restait de nombreuses choses à résoudre. Il a finalement accepté, non sans m'avertir de prendre garde à ne pas m'impliquer émotionnellement dans mon travail.

Quand j'ai dit ceci à Athar, elle a ri.

— Trop tard, a-t-elle dit.

J'ai eu l'impression qu'elle ne parlait pas seulement de ma mission pour retrouver Cal et Selene.

— Giomanach

Je n'ai pas pu refermer l'œil du reste de la nuit. Chaque fois je fermais les paupières, des images de Selene et de Cal se dressaient devant moi de leur propre chef. Quand l'aube s'est pointée, j'ai abandonné et j'ai utilisé mon énergie nerveuse pour résoudre les problèmes de maths de la semaine à venir. Tout ce qui m'empêchait de céder à la panique était de savoir que la magye noire ne me ciblait pas.

Je savais que je devais raconter à Hunter ce que j'avais ressenti, et ça ne pouvait pas attendre au cercle en soirée. Je me suis dirigée vers le téléphone dans le couloir.

Mary K. est passée près de moi pour se rendre à la salle de bain. Elle a écarquillé les yeux en m'apercevant.

— Tu es debout de bonne heure, a-t-elle dit. Tu auras même le temps de manger ton petit déjeuner assise.

— Je suis peut-être debout, mais ça ne veut pas dire que je suis réveillée, l'ai-je avertie.

J'ai composé le numéro de Hunter en espérant que Sky et lui étaient des lève-tôt.

Aucune réponse. Et aucune boîte vocale. Frustrée, j'ai brusquement raccroché le combiné. Où étaient-ils de si bon matin ?

Heureusement, Mary K. a interprété ce geste comme symptomatique de mon habituelle mauvaise humeur matinale et n'a donc posé aucune question. Reste calme, me suis-je ordonné. Selene et Cal sont peut-être de retour, mais tu trouveras un moyen de te préparer à leur présence.

Comme j'étais déjà debout, Mary K. et moi avons pris le chemin de l'école plus tôt. Elle était stupéfiée de ne pas avoir à me pousser vers ma voiture comme d'habitude. Je me suis dit que j'allais profiter de l'occasion pour découvrir ce que les autres membres de Cirrus pensaient réellement de notre nouveau meneur, Hunter.

Je pouvais sentir les yeux de Mary K. fixés sur moi pendant je conduisais la voiture. Ressentait-elle à quel point j'étais tendue?

— Tu veux en parler maintenant? m'a-t-elle demandé avec une certaine hésitation.

J'ai poussé un soupir. Je n'aimais pas lui cacher le fond de l'histoire. Mais je ne me sentais pas d'attaque pour la raconter pour l'instant. J'ai garé Das Boot dans un espace un peu juste.

— Bientôt, je te le promets. C'est... c'est vraiment difficile. Cal n'était pas la personne que je croyais qu'il était.

C'était le moins qu'on puisse dire.

Elle a soupiré à son tour.

— C'est un trait des Rowlands de faire preuve de mauvais jugement en ce qui a trait aux mecs?

L'ex-petit ami de Mary K., Bakker, avait tenté de s'imposer de force sur elle. J'en avais été si furieuse que je lui avais lancé du feu de sorcière sans même le réaliser. Pourtant, ça n'avait pas empêché Mary K. de reprendre avec lui. Et Bakker de s'essayer à nouveau. Heureusement, elle avait été plus forte la deuxième fois. Il était sorti de sa vie pour toujours. Je l'espérais.

— Maman s'en est bien tirée, ai-je dit.

— Elle n'était pas une Rowlands, m'a fait remarquer Mary K. d'un ton sombre.

— C'est vrai ! ai-je affirmé, et incroyablement, je me suis mise à ricaner.

Et soudain, nous avons échangé un câlin sur la banquette avant de ma voiture digne d'un derby de démolition.

— Je suis contente que tu sois ma sœur, ai-je murmuré.

— Idem, a dit Mary K. juste avant que sa copine Jaycee n'arrive en courant, emmitouflée dans un parka de ski Day-Glo rose.

— Mary K., s'est-elle exclamée d'une voix excitée en cognant contre la vitre. Tu ne me croiras *jamais* quand je te dirai avec qui Diane D'Alessio sort !

— Une minute, lui a dit Mary K. avant de se retourner vers moi. Je te parle plus tard, OK ?

— Ouaip, lui ai-je dit.

Mary K. et Jaycee ont traversé en courant le terrain de stationnement glacé en direction de l'école. J'ai ramassé mon sac à dos et je les ai suivies.

À l'intérieur de l'immeuble en briques rouges, je me suis dirigée vers l'escalier du sous-sol, là où notre assemblée se tenait normalement les matins froids. Jenna et Sharon y étaient déjà, de même qu'Ethan. Matt, l'ex de Jenna, était introuvable, et il en allait de même pour Robbie.

— Hé, ai-je dit.

Sharon a levé les yeux vers moi, le soulagement lisible dans son expression.

— Morgan! Tu vas bien? Robbie nous a raconté ce qui était arrivé dimanche soir.

Je me suis assise près de Jenna sur les marches.

— Ouais. Je vais bien, je suppose.

Ethan a secoué la tête.

— Ça m'a complètement renversé. Je n'arrive pas à croire que je suis passé à côté de tous les signes sur l'identité meurtrière de Cal.

— Nous sommes tous passés à côté, a dit Sharon en frissonnant.

Ethan a passé un bras autour de ses épaules.

Jenna a repoussé une mèche de ses cheveux derrière son oreille.

— Je me sens si stupide. Comme si nous nous étions tous fait avoir par un mystificateur ou quelqu'un du même genre. Comme si tout s'inscrivait dans un plan pour t'atteindre.

— C'est étrange, mais je ne peux m'empêcher de penser qu'une grande partie de ses gestes étaient sincères, ai-je dit pensivement.

Puis, je me suis rattrapée, me demandant si j'avais une personnalité de victime ou quelque chose du genre.

— Bien entendu, il paraissait plutôt sincère dans sa tentative de me tuer aussi, ai-je brusquement ajouté. Alors, maintenant, nous connaissons la vérité. La Wicca comporte un côté sombre, et Cal et Selene pratiquent ce type de magye.

Ethan s'est levé et a fourré les mains dans les poches de son jean.

— Tu sais, j'aime le côté de la Wicca qui consiste à établir un lien avec la nature et à comprendre qui nous sommes. Mais le côté sombre me fait peur.

— Je pense qu'aucun d'entre nous ne savait dans quoi il s'embarquait quand Cal a fondé Cirrus, ai-je dit. À présent, j'imagine que c'est à nous de décider si nous voulons continuer.

— Tu sais que Hunter veut diriger l'assemblée ? m'a demandé Jenna.

J'ai hoché la tête.

— Il me l'a appris hier soir. Qu'est-ce que vous en pensez ?

— C'est étrange, a indiqué Jenna. Je veux dire, nous avons commencé l'assemblée avec Cal, et en faire partie est tellement lié à Cal dans mon esprit. Je ne sais pas à quoi ressemblera l'assemblée maintenant. En plus, ça me semble étrange que Hunter souhaite être notre meneur. Il ne nous connaît même pas.

— Il craint que nous ayons été exposés à de la magye noire et il veut s'assurer qu'il n'arrivera de mal à personne. C'est ce qu'il a dit, en tout cas, a dit Sharon en souriant. Avec son accent britannique séduisant.

— Hé ! a protesté Ethan. Et *mon* accent : il n'est pas séduisant ?

— Il semble savoir de quoi il parle, a dit Jenna. Il pratique la magye depuis bien plus longtemps que nous. Je sais qu'il n'est pas beaucoup plus vieux que nous, mais il paraît… je ne sais pas… plus mature en quelque sorte.

— C'est seulement son accent, a fait Ethan en donnant un coup de coude dans les côtes de Sharon. Il le fait paraître plus vieux.

— Arrête ça, a dit Sharon en riant et en se tortillant.

— Tu as raison, ai-je admis.

Hunter paraissait plus vieux que son âge. Cela était probablement dû à toutes les épreuves qu'il avait vécues. Il avait dû mûrir rapidement.

— J'aimais les cercles de Cal, a mélan-coliquement dit Sharon. Il était totalement détendu, mais encourageant en même temps.

— Durant notre dernier cercle, j'ai vraiment senti la magye, a acquiescé Jenna. Tout de même, ça pourrait être intéressant de voir comment Hunter dirigera les choses. Du moins pour la variété.

La première cloche a sonné, et elle s'est levée.

— Tout ce que je peux dire est que je ne me joindrai pas à l'assemblée de Sky, a-t-elle dit.

Nous savions tous ce qu'elle voulait dire. En plus de Bree, Raven Meltzer appartenait aussi à l'assemblée de Sky. Raven avait tenté de séduire Matt, ce à quoi Matt n'avait pas été indifférent. Et ceci avait marqué la fin d'une romance qui avait duré quatre ans entre Matt et Jenna.

Sharon a affirmé :

— Je pense que nous devrions lui donner une chance.

— Ouais, a fait Ethan. Si nous détestons ça, il suffira de quitter l'assemblée.

Pendant un instant, je les ai enviés. Si la Wicca leur déplaisait, ils pouvaient simplement l'abandonner, de la même façon qu'ils pouvaient laisser tomber une activité parascolaire qui les ennuyait. Je n'avais pas cette option. La Wicca m'avait choisie tout autant que je l'avais choisie.

J'avais espéré arriver chez Sky et Hunter plus tôt afin de pouvoir raconter à Hunter ce que j'avais ressenti la nuit précédente, mais dans l'obscurité, je suis passée à côté du tournant menant à sa rue et j'ai complètement franchi les limites de Widow's Vale avant de m'en apercevoir. Au moment où je suis arrivée chez lui, il était déjà dix-neuf heures passées, et les voitures du reste de la bande étaient déjà garées le long du trottoir. Je suis parvenue à garer Das Boot entre la Beetle de Robbie et la Corolla de Jenna avant de franchir l'allée étroite.

Hunter a dû sentir mon arrivée avant que j'atteigne le porche, car la porte s'est ouverte pour l'encadrer d'une lumière chaude dorée. J'ai retenu mon souffle — cette vision était tellement similaire à l'image que j'avais eue de lui dans mon rêve, baignant dans la lumière et repoussant les ténèbres. J'ai cligné des yeux pour chasser cette image. Il m'a observée depuis l'embrasure de la porte, semblant sorti tout droit d'une pub pour une boisson d'après-ski. Soudain, je me suis sentie très embarrassée, comme si je m'apprêtais à glisser et à tomber tête première contre le trottoir.

— Bienvenue, a-t-il dit.

— Morganita, a lancé Robbie en surgissant derrière lui. Tu dois visiter cette maison. C'est vraiment cool.

— Je suis déjà venue ici, ai-je marmonné, étrangement troublée.

Hunter s'est effacé pour me laisser passer, et j'ai pénétré dans le salon. Sharon et Ethan partageaient un pouf, confortablement installés dos à dos. Jenna et Matt occupaient les fauteuils sans se regarder. Robbie s'était assis à l'extrémité du sofa en velours bleu et m'a fait signe de prendre place près de lui. Je pouvais sentir que tout le monde était incertain quant aux qualités de meneur de Hunter et je savais qu'il le sentait lui aussi.

— Vous savez ce qui est étrange à propos de ce salon? a demandé Robbie. Aucune télé.

Hunter a arqué un sourcil blond.

— Nous n'avons pas le temps de regarder la télé, a-t-il dit d'un ton qui impliquait que nous ne devrions pas en avoir non plus.

Pas le meilleur commencement.

— Sky est ici? a demandé Jenna.

— Non. Elle est sortie pour la soirée, a répondu Hunter.

Il portait une chemise en denim bleu foncé et un jean noir ample et usé. J'ai soudain eu un retour en arrière vivide du moment où il m'avait presque embrassée, dans le noir, à l'extérieur de ma maison. Cela s'était passé seulement trois nuits plus tôt, mais jusqu'à ce moment, je l'avais oublié.

J'ai senti mes joues brûler. D'où venait cette pensée furtive?

Hunter s'est avancé jusqu'à l'avant du foyer.

— Bienvenue, tout le monde. Je vous suis reconnaissant de vous être déplacés un soir de semaine. Je sais que ce changement est pénible. Et je comprends que, malgré la tournure des événements avec Cal, vous aimiez sa façon de diriger Cirrus.

» Mon approche sera différente, c'est inévitable, a-t-il poursuivi. Mais je ferai de mon mieux pour que Cirrus demeure une assemblée où vous vous sentez à l'aise, où vous pouvez être ouverts avec les autres, où vous pouvez tirer avantage du pouvoir qui sommeille en vous en toute sécurité et où vous établirez un lien véritable avec votre magye.

Sharon a souri à l'écoute de ce discours, mais je ne pouvais m'empêcher de penser que les cercles de Cal avaient toujours semblé naturels et confortables. Avec Hunter, j'avais l'impression d'entendre la version wiccane d'un discours du Rotary Club.

— Alors, a dit Hunter, commençons. Si vous vouliez bien me suivre…

Nous l'avons suivi vers un petit couloir que je n'avais pas remarqué à ma première visite. Des bibliothèques remplies d'une collection de livres reliés en toile longeaient ses murs. Par une porte voûtée, je pouvais apercevoir une petite cuisine où des herbes et des fleurs séchées étaient suspendues au plafond.

Au bout du couloir se tenaient deux portes en bois. Hunter les a ouvertes sur une pièce longue et étroite, éclairée par des bougies et la lueur d'un poêle à bois. La pièce était de la même longueur que la maison. Le mur du fond était tapissé de fenêtres. Une porte menait à ce qui ressemblait à une terrasse. Les fenêtres ont vibré légèrement, et je pouvais entendre le vent soupirer dans les arbres.

Un autel se tenait seul à une extrémité de la pièce et portait d'autres bougies, un bâton d'encens allumé, une coquille, une assiette remplie d'eau sur laquelle des fleurs pourpres flottaient, un cristal bleu pâle et une sculpture en pierre ayant la forme d'une femme. La sculpture était grossière, le visage était à peine défini, et pourtant, elle était complètement sensuelle; une vision de la Déesse. Il suffisait de la regarder pour savoir qu'elle avait été façonnée avec amour. J'ai regardé Hunter. L'avait-il sculptée?

— Pouvez-vous former un cercle, je vous prie? a commencé Hunter.

Son ton paraissait terriblement poli et convenable, très britannique. Encore une fois, j'ai senti avec un pincement de cœur que Cal me manquait et, encore une fois, je me suis sentie stupide et fâchée de m'ennuyer d'une personne qui m'avait fait tant de mal.

Je me suis jointe aux autres pendant que Hunter dessinait autour de nous un cercle à l'aide d'une craie blanche. C'était rassurant de sentir la présence de Robbie sur un flanc et celle de Sharon sur l'autre. Je me sentais anxieuse, cependant, et je me suis demandé si c'était en raison de la menace que présentaient Selene et Cal ou si Hunter en était la cause. Sa présence me troublait toujours, et former un cercle était si intime. Je me suis demandé à quoi ressemblerait cette expérience avec lui.

Avec la craie, Hunter a tracé quatre runes sur chacune des orientations.

— J'ai choisi ces runes tout spécialement pour notre premier cercle, a-t-il dit. Thorn marque les nouveaux commencements et l'ouverture de passages, a-t-il indiqué en pointant la rune à l'est. Beorc est la rune de la croissance. Ur sert à créer le changement et la guérison, et à renforcer la magye. Eolh est une rune de protection.

J'ai tenté de chasser les papillons dans mon estomac. Mais qu'est-ce qui clochait avec moi? Hunter n'avait rien fait d'inhabituel jusqu'à présent.

— Tout le monde a apporté les pierres que Cal avait distribuées? a demandé Hunter.

Quand les gens ont hoché la tête, il a ajouté :

— Jetez-les au milieu du cercle, je vous prie.

Tout le monde, à l'exception de moi, a extirpé sa pierre de sa poche. Après les avoir ramassées en tas au milieu du cercle en craie, Hunter a dessiné un pentagramme autour d'elles. À chacune des cinq pointes, il a esquissé un symbole que je n'ai pas reconnu.

— Ces *sigils* sont tirés d'un alphabet runique plus ancien que celui avec lequel nous travaillons normalement, a-t-il expliqué. Elles servent à la protection et à la purification, et elles nous aideront à donner plus de force à notre sortilège. Nous allons utiliser le cercle même pour purifier ces pierres. Vous avez tous déjà effectué les exercices de respiration de base ?

Matt a répondu.

— Cal nous les a appris.

— Alors, commençons, a dit Hunter. Que le cercle de Cirrus soit toujours fort.

Nous avons joint nos mains, et j'ai entendu le bruit familier du tintement des bracelets de Sharon. J'ai commencé à me concentrer sur ma respiration, à tirer chaque inhalation au plus profond de mon estomac avant de la relâcher. Graduellement, j'ai senti que je me décontractais et j'ai pris conscience des styles de respiration présents dans le cercle. Les respirations de Hunter étaient les plus profondes et les plus lentes. Jenna, qui était asthmatique, avait le souffle le plus superficiel.

Hunter a commencé à chanter d'une voix basse. Il s'agissait d'un chant anglais tout simple, rendant hommage à la Lune et au Soleil, à la Déesse et à Dieu, leur demandant d'être avec nous dans notre cercle, de nous protéger des intentions maléfiques et de nous guider dans le cycle des saisons, le cycle de la vie. Sa voix était inspirante, lisse et douce, mais enveloppée dans la force. Elle résonnait magnifiquement dans la pièce. Je n'aurais jamais pu imaginer qu'il pouvait chanter avec une telle passion et simplicité. Mais, pour une raison que j'ignore, je ne pouvais retenir les paroles. Les autres y sont parvenus, par contre, et à mesure qu'ils prenaient part au chant, nous nous sommes déplacés dans le sens inverse des aiguilles d'une montre, et j'ai vu leurs visages changer. Ils ressentaient une sensation que je ne ressentais pas. Un lien. Leurs voix ont gagné en puissance à mesure qu'une forme d'énergie jaillissait en eux. Et moi, la sorcière de sang, le prodige de l'assemblée Cirrus, je ne ressentais rien.

J'ai pris conscience du regard de Hunter posé sur moi. J'ai fermé les yeux et j'ai tenté futilement d'approfondir ma concentration, de m'amarrer au fil éthéré de magye qui semblait danser juste au-delà de ma portée. Mais je ne pouvais le toucher et, enfin, alors que je sanglotais pratiquement de frustration, Hunter a ralenti le cercle et a mis fin à la chanson.

— Ne brisez pas le cercle, a-t-il dit. Mais assoyez-vous.

Nous nous sommes assis, les jambes croisées.

— C'était vraiment bien, tout le monde, a dit Hunter.

Son visage rayonnait et ses traits étaient décontractés d'une façon que j'avais rarement vue ; comme si le cercle était l'endroit où il se sentait le plus à l'aise. J'étais bouleversée de le voir si désinvolte dans mon assemblée alors que moi, pour la première fois, je m'y sentais comme une étrangère. Il a regardé chacun d'entre nous, un à un, avant de demander :

— Vous voulez partager vos pensées ?

Ethan a commencé.

— C'était... intense. Les livres sur la Wicca parlent de la Roue de l'année. Cette fois-ci, j'ai senti que... que je pouvais sentir nous tous voyager sur la roue ; toutes nos vies.

— Ouais, a fait Matt. J'avais l'impression d'être dans cette pièce et dans le ravin à l'extérieur au même moment.

— Moi aussi, a affirmé Robbie, stupéfait. J'ai eu l'impression d'être le vent soufflant dans les arbres.

Hunter a tourné son regard vers Sharon.

— Je n'ai rien senti de cosmique, a-t-elle admis d'un ton qui paraissait embarrassé. J'ai seulement ressenti l'amour de ma famille ; un peu comme si j'étais frappée par un rayon de l'amour de mon père et de ma mère, à qui je n'ai pas beaucoup porté attention dernièrement.

Hunter a souri.

— Et qu'est-ce qui te fait croire que ce n'était pas cosmique ?

Robbie a demandé :

— Et toi, Jenna ?

Jenna a ri doucement.

— J'ai eu une vision de moi, mais d'une moi très *forte*.

Mon tour venait ensuite, et je l'appréhendais. Qu'est-ce qui n'avait pas marché ?

me suis-je demandé. Peut-être que Hunter n'était pas la personne avec qui je devais travailler. À présent, il faudrait que j'exprime que je n'avais rien ressenti, et tout le monde se demanderait ce qui clochait avec moi, s'il m'était seulement possible d'atteindre mes pouvoirs en présence de Cal. J'ai pris une respiration profonde pour tenter de me calmer.

— Très bien.

Hunter s'est levé.

— Bon travail, tout le monde. Ce sera tout pour ce soir. Nous nous reverrons samedi prochain.

J'ai levé les yeux en tressaillant. Il était passé par-dessus moi !

Lorsqu'il s'est avancé pour souffler les bougies de l'autel, je l'ai suivi.

— Je ne compte pas ? ai-je demandé à voix basse. Ce que j'ai ressenti n'a aucune importance ?

Il m'a jeté un regard surpris.

— J'ai senti que tu n'as pas établi le contact, a-t-il répondu d'une voix douce. J'ai pensé que tu préférerais ne pas en parler.

Je suis désolé si j'ai fait une mauvaise supposition.

Je ne trouvais rien à lui répondre. C'était la bonne supposition, en réalité. Sa façon de me lire m'ennuyait. Je trouvais cela terriblement décontenançant.

Il s'est tourné vers les autres.

— Samedi, nous travaillerons avec le pentagramme, a-t-il annoncé. Lisez à son sujet et prenez le temps de le visualiser. Voyez ce qu'il inspire en vous.

J'ai songé au collier muni d'un pentacle de Cal, et un frisson m'a traversée.

— La rencontre peut avoir lieu chez moi, a proposé Jenna.

— Parfait, a dit Hunter. Merci, tout le monde.

Je savais que j'aurais dû saisir l'occasion pour lui dire que j'avais besoin de lui parler en privé, mais je n'ai pas pu m'y résoudre. Je me sentais trop déséquilibrée, trop mal. Avant d'avoir eu le temps de décider quoi que ce soit, j'ai vu Robbie approcher et me tendre mon manteau.

— Alors, tu as un bon livre sur les pentagrammes? a-t-il demandé alors que nous nous dirigions vers les voitures.

— Non, ai-je dit d'une voix fatiguée. Je ne semble rien avoir en ce moment.

7

Intrus

Avril 1986

Aujourd'hui, j'ai surpris Comanach, du haut de ses trois ans et demi, penché au-dessous d'un bol d'eau qu'il fixait d'un regard si intense que ses yeux louchaient pratiquement. Quand je lui ai demandé ce qu'il faisait, il m'a dit qu'il présageait sa sœur. Déesse. J'ai tressailli. Nous ne lui avions pas encore dit que Fiona portait un autre enfant; pourtant, il le savait. Il est d'une vivacité incroyable.

Je lui ai demandé s'il avait vu quoi que ce soit en m'attendant à ce qu'il n'ait rien vu. Il est trop jeune pour faire des présages. Mais il a dit qu'il avait vu une petite fille aux cheveux et aux yeux foncés. Je lui ai souri et lui ai dit qu'il nous faudrait attendre. Mais mon lueg m'a dit qu'Alwyn aura les cheveux roux et les yeux verts de Fiona. J'ai bien peur que l'eau ait menti à mon garçon. À moins qu'elle lui ait montré sa propre vérité énigmatique.

Puis, Comanach a frappé sa paume contre l'eau, si bien qu'elle s'est renversée du bol. J'ai écarté les lèvres

127

pour le gronder, mais il m'a regardé avec son petit sourire malicieux, et je n'en ai pas eu le courage. Il est comme le soleil dans ma vie. Après avoir passé deux ans à me méfier, j'ai finalement accepté que rien de mal n'arrivera, que la vie peut être aussi bonne.

— Maghach

Je suis restée assise derrière le volant de Das Boot mercredi matin, occupée à repenser au cercle de la veille. En vérité, une partie de moi aimait être la pupille vedette, celle aux pouvoirs inimaginables. Dans notre assemblée, dès le départ, j'avais été le prodige. Et je m'étais sentie spéciale pour la première fois de ma vie. Est-ce que c'était terminé, ça aussi ?

— Morgan ? a lancé une voix assourdie. Morgan !

J'ai cligné des yeux et j'ai levé le regard. Mon amie Tamara Pritchett cognait contre la vitre, son souffle émergeant en bouffées blanches.

— Tu vas être en retard, a-t-elle dit alors que je baissais la vitre. Tu n'as pas entendu la cloche ?

— Euh... ai-je marmonné. Désolée. J'étais juste en train de réfléchir.

Nous nous sommes dirigées vers la classe ensemble, et en route, j'ai pris conscience des regards bizarres que Tamara me jetait. À présent, tout le monde savait que Cal avait disparu, qu'il y avait eu un incendie chez lui. À tous ceux qui le demandaient, je déclamais l'histoire normale : nous nous étions séparés, et j'ignorais tout de l'incendie ou de l'endroit où il était. Mais les gens avec qui j'avais été bonne amie avant l'arrivée de la Wicca dans ma vie, des gens comme Tamara et Janice Yutoh, pouvaient voir que je taisais une grande partie de l'histoire.

Je suis passée à travers mes cours du matin puis, durant la pause du déjeuner, je suis partie de l'école. J'avais rendez-vous à l'atelier de carrosserie pour obtenir une estimation des réparations de Das Boot. Le garage Unser se trouvaient près d'une sortie d'autoroute, aux limites de Widow's Vale. Il s'agissait d'un grand terrain clôturé, rempli de voitures, au milieu duquel se tenait un garage. À l'exception de la gravière des Entreprises Afton, devant laquelle j'étais passée environ un demi-kilomètre avant d'arriver chez Unser, la route s'étirait, vide et désolée. En songeant au sort de Magye pratique, j'ai lancé un regard noir à la gravière en passant devant.

Je me suis garée dans le garage. Bob Unser, un homme bourru aux cheveux gris et vêtu d'un bleu de travail, a essuyé ses mains sur un chiffon et s'est dirigé vers ma voiture alors que j'en émergeais. Son gros berger allemand, Max, a bondi vers moi pour pousser son museau humide contre ma paume et la lécher avant de repartir en bondissant. En théorie, Max était un chien de garde, mais en réalité, il était un ange. Bob et lui me connaissaient plutôt bien. À titre d'antiquité authentique, Das Boot avait sa part de problèmes, quoique rien d'aussi grave qu'à présent.

Bob a plissé les yeux devant le capot déformé et roussi de Das Boot et son phare fracassé.

— Qu'est-ce qui est arrivé ?

— Elle a en quelque sorte… percuté un immeuble en flammes.

Il a grogné.

— Voilà une histoire originale.

Je me suis pelotonnée sous mon manteau pendant qu'il examinait Das Boot et prenait des notes sur une planchette à pince.

— Donne-moi quelques minutes pour appeler et obtenir une estimation des pièces, a-t-il dit. Ensuite, je te donnerai un total.

— Super.

J'avais l'impression que cette réparation allait coûter une fortune et j'ignorais comment j'allais pouvoir la payer. Je ne voulais pas la déclarer sous les assurances de mes parents par crainte de voir leurs taux grimper.

Bob s'est dirigé vers son petit bureau pendant que j'attendais dans le garage. Max est revenu à mes côtés en trottinant, et j'ai glissé ma main dans sa fourrure épaisse. Puis, j'ai senti la fourrure près de son cou se hérisser, et un grognement sourd et traînant a rempli le garage. Je l'ai relâché immédiatement en me demandant ce qui n'allait pas.

Max a balancé sa tête vers l'entrée du garage. Son grognement est devenu plus rauque, et il a couru en bondissant vers l'extérieur. Un picotement s'est alors enclenché dans mes sens. Il y avait quelque chose dehors. Quelque chose de magyque.

Le rythme de mon pouls a augmenté. Je suis demeurée immobile pour tenter de mieux repérer la présence. Elle ne semblait pas humaine. Je suis sortie avec prudence. Max se tenait sur une parcelle de gravier gelé à une courte distance du garage — poils hérissés et dents exposées. Puis, il s'est mis à courir le long du périmètre du terrain en jappant furieusement.

J'ai projeté mes sens et j'ai ressenti un pouvoir furtif, malveillant et dissimulé. Des sueurs froides ont gagné mon corps et ma respiration s'est affolée alors que je traçais la forme de Peorth dans les airs, la rune servant à révéler ce qui était caché. J'ai visualisé la rune, je l'ai tracée en rouge éclatant dans mon esprit jusqu'à ce que sa

forme me semble être une entité tridimen-
sionnelle. Instinctivement, je me suis mise
à entonner mon chant de pouvoir : «*An di
allaigh…*»

J'ai entendu un son étrange, un bruisse-
ment, comme si une volée d'oiseaux avaient
pris son envol. J'ai senti un vent malveillant
me balayer, et mes bras se sont couverts
d'une chair de poule. J'ai retenu mon
souffle. Max a couru vers moi en jappant
frénétiquement. Je n'ai rien vu, mais l'air a
semblé plus léger, et j'ai su que l'intrus était
parti.

Bob est sorti de l'atelier.

— Qu'est-ce qui se passe ici ?

Il m'a regardée en fonçant les sourcils
avant de poser les yeux sur Max.

— C'était quoi, tout ce boucan ?

J'ai pris appui sur une voiture afin qu'il
ne remarque pas à quel point je tremblais.

— Je suppose que Max a entendu
quelque chose.

Max s'est assis devant Bob et a donné
plus de détails à coups de jappements
courts mais éloquents.

— OK, OK. Bon chien.

Bob le flattait à présent pour le réconforter.

— Je vais bien verrouiller ce soir.

Nous sommes retournés à l'intérieur, où il m'a remis une estimation rédigée à la main pour 750 $. J'ai à nouveau perdu le souffle.

— Je dois passer une commande spéciale pour ton pare-chocs et ton capot, a-t-il expliqué. Ces pièces ne sont plus fabriquées pour ce modèle. Je dois les obtenir auprès d'un concessionnaire de pièces usagées en Pennsylvanie. Appelle-moi pour me dire quand tu seras prête pour les réparations.

Je l'ai remercié en l'écoutant à peine. Avant de partir, j'ai tracé la rune d'Eolh sur le front de Max afin de le protéger. Qu'était cette mystérieuse présence ? Était-elle là pour m'attaquer ? Était-elle liée à la force obscure que j'avais ressentie l'autre nuit ? Était-ce Cal ou Selene ?

Bien que le soleil brillait de tous ses feux, j'ai eu l'impression qu'un voile noir avait été tiré dans le ciel. Je suis grimpée à bord de ma voiture en frissonnant et j'ai pris le chemin de l'école.

Après l'école, Mary K. est allée chez Jaycee, comme il lui arrivait souvent de le faire, alors je me suis dirigée directement vers la maison. J'étais toujours aussi secouée par ce qui était arrivé au garage. Je n'avais aucune idée de quoi il s'agissait, mais je ne voulais courir aucun risque. J'avais ressenti une force maléfique. Si elle m'était adressée, je devais commencer à me protéger rapidement.

Dans la maison vide, je suis montée à l'étage pour récupérer l'athamé de ma mère, caché dans le conduit du système de chauffage, de ventilation et de climatisation. Puis, j'ai fait le tour de la maison en glissant l'athamé contre le bardage. Hunter et Sky avaient dessiné des runes de protection autour de la maison environ deux semaines plus tôt. L'athamé m'a révélé les signes magyques, et j'ai poussé un soupir de soulagement. Ils étaient toujours là et ils brillaient avec la même puissance.

Ensuite, je suis montée à ma chambre et j'ai fermé la porte. Je planifiais fabriquer un autel depuis un moment, mais ce besoin me paraissait maintenant doublement urgent. Si quelqu'un ou quelque chose cherchait à s'en prendre à moi, ma magye devait être aussi forte et assurée que possible.

Seul problème, je devais placer mon autel à un endroit où ma famille ne le remarquerait pas. Bien que mes parents semblaient réaliser à présent qu'ils ne pouvaient rien faire pour m'empêcher d'être une sorcière, il valait mieux ne pas ériger un autel à un endroit où ils le verraient. Ça ne ferait que les bouleverser.

J'ai jeté un regard à la ronde dans ma chambre. Elle n'était pas grande. Il n'y avait aucun endroit où l'installation d'un autel allait de soi — certainement aucun où l'autel passerait inaperçu. J'ai réfléchi un instant avant d'ouvrir la porte de la penderie. Il s'agissait d'une grande penderie munie d'une longue tringle d'un bout à l'autre. J'ai commencé à retirer mes vêtements de la tringle et à déposer les chemisiers, les robes, les blousons et les jupes sur mon lit.

— Beurk, ai-je lancé à une robe bain-
de-soleil aux imprimés de fleurs tropicales
énormes.

Il était temps de donner certains
vêtements.

Une fois la penderie vidée, j'en ai exa-
miné le fond. Une petite malle, relique de
mon été à la colonie, se tenait sur le plancher. Elle avait du potentiel.

J'ai fouillé dans le tiroir de ma commode
à la recherche de la pièce de toile d'Irlande
couleur prune que tante Eileen m'avait
rapportée de son voyage en Irlande. Elle
couvrait parfaitement le coffre, comme si
elle avait été tissée à cet effet. Voilà. Un
autel.

Ensuite, j'ai ouvert le tiroir au contenu
pêle-mêle de mon bureau. J'ai trié le fouillis
jusqu'à ce que je trouve une petite coquille
rose et blanche parfaite. Je l'ai déposée à un
coin de l'autel pour qu'elle représente l'eau.
À un autre coin, j'ai placé un morceau
d'améthyste trouvé parmi les cristaux de la
boîte d'outils de Maeve. Elle représentait la
terre. Dans les autres coins, j'ai déposé une
bougie pour représenter le feu et un bâton

d'encens pour représenter l'air. Bien entendu, je ne pourrais pas allumer la bougie ou l'encens dans la penderie. Pour ce faire, il faudrait placer l'autel dans ma chambre. Mais j'aimais avoir les quatre éléments en place.

Je me suis assise devant mon autel. Il était plutôt simple, aussi rudimentaire que possible. Pourtant, il paraissait approprié.

J'ai senti quelque chose de doux me pousser. Dagda. J'ai flatté son petit dos soyeux.

— C'est ici que je vais invoquer la Déesse, ai-je expliqué.

Il a ronronné, comme un signe d'approbation.

Puisse ma magye être pure et forte, ai-je dit silencieusement, et que je puisse jeter des sortilèges de guérison et de complétude.

Et puissent-ils me protéger, n'ai-je pu m'empêcher d'ajouter.

8

Potentiel

Litha, 1991

Déesse, viens à notre aide. Où pouvons-nous aller maintenant ? Nous avons tout perdu — notre maison, notre assemblée, nos enfants. Nos enfants.

Tout est arrivé si soudainement. Nous nous sentions malades, tous les deux, depuis bon nombre de semaines, mais je n'y avais pas réellement réfléchi. Puis, hier soir, tard, je travaillais dans mon bureau quand j'ai entendu Fiona crier. J'ai couru jusqu'à son atelier pour la trouver étendue sur le sol, son lueg dans la main. Elle avait fait un présage pour déterminer la source de sa maladie et avait aperçu quelque chose de hideux dans la pierre. Elle l'a décrit comme étant une vague de ténèbres, comme une nuée d'insectes noirs ou un voile de fumée, balayant la terre.

— C'était maléfique, a-t-elle murmuré. La vague nous vise. Elle... est à notre recherche. Nous devons alerter les autres, puis, il faut partir. Maintenant. Ce soir.

— Ce soir ? Mais... les enfants. Gomanach a un cours d'herboristerie demain, ai-je stupidement protesté.

Le regard qu'elle m'a jeté m'a brisé le cœur.

— Nous ne pouvons pas les amener avec nous, a-t-elle dit. Ça ne serait pas sécuritaire. Ni pour eux ni pour nous. Il faut les laisser derrière.

J'ai argumenté, mais, au bout du compte, elle m'a convaincu qu'elle avait raison. Notre seul espoir pour survivre, toute la famille, était que Fiona et moi disparaissions, pour tenter d'éloigner le mal de nos enfants.

Fiona a laissé un message frénétique à son frère, Beck, qui habite à Somerset. Puis, nous avons érigé la protection la plus solide que le permettait notre pouvoir sur notre maison. J'ai embrassé mes enfants durant leur sommeil, en lissant les boucles rousses emmêlées d'Alwyn, en tirant la couverture de Linden. Enfin, je suis demeuré au chevet de Gomanach, à observer sa poitrine gonfler et dégonfler. J'ai glissé mon lueg sous son oreiller, là où il le trouverait le lendemain matin.

Et là, encore une fois, j'ai abandonné mes enfants.

— Maghach

J'ai laissé une note à maman pour lui dire que je serais de retour pour le dîner, puis j'ai pris le chemin de la maison de

Hunter. Être près de lui me bouleversait, mais j'ai réalisé qu'il devait être mis au courant de la présence sombre que j'avais ressentie au garage Unser et la magye noire que j'avais sentie lundi soir. Il serait peut-être en mesure de me dire de quoi il en retournait, d'où ça venait et comment je pouvais m'en protéger de manière efficace.

J'ai parcouru le sentier étroit. Même dans la clarté du jour, il n'était pas évident de deviner la présence d'une maison derrière tous les arbres. Le porche paraissait encore plus bancal que durant la nuit. Un poteau manquait à la rampe, et une marche de l'escalier était cassée.

Arrivée devant la porte, j'ai hésité. Devrais-je cogner ? J'hésitais soudain à apporter mes problèmes à cette adresse.

Je me suis dégonflée. Je me suis retournée pour descendre du porche quand j'ai entendu la porte s'ouvrir derrière moi.

— Morgan ? a fait la voix de Hunter.

Prise sur le fait. Je me suis retournée vers lui et j'ai senti que je rougissais.

— J'aurais dû appeler d'abord. J'arrive peut-être à un mauvais moment.

— Ça va, a-t-il dit. Entre.

À l'intérieur, aucun signe de Sky. Je me suis installée sur un des fauteuils du salon. La maison était aussi froide que la nuit précédente, le feu dans le petit foyer ne dégageait à peu près aucune chaleur. Je frissonnais et étais de moins en moins à l'aise à chaque seconde qui passait. Venir ici était une mauvaise idée.

— Alors, a fait Hunter en s'assoyant devant moi. Qu'est-ce qui t'amène ici?

À ma surprise, j'ai lancé :

— Je n'ai rien senti lors de notre cercle hier. Habituellement, je suis toujours celle qui est emportée, mais… Tout le monde a été transporté, mais je n'ai rien obtenu. Je ne sais pas si Cirrus est la bonne assemblée pour moi.

— Le but de la Wicca n'est pas d'obtenir quelque chose, a dit Hunter.

— Je sais bien, ai-je dit sur la défensive. C'est juste que… C'est juste que ceci ne m'arrive pas, normalement.

J'ai étudié son visage en me demandant jusqu'à quel point je pouvais me confier à lui.

— Cela me fait peur, ai-je admis. Comme si mes pouvoirs pourraient disparaître à jamais.

Une pensée est surgie en moi.

— As-tu fait quoi que ce soit pour freiner mes pouvoirs durant le cercle?

Il a arqué un sourcil.

— Si j'avais tenté de contrôler tes pouvoirs, tu l'aurais su. Et ce n'est pas quelque chose que je ferais, sauf en cas d'urgence extrême.

— Oh.

Je me suis recalée dans le fauteuil.

Il a ramené un pied chaussé d'une botte sur son genou. Puis, il l'a tapé à quelques reprises.

— Peut-être que… mon style ne fait pas ressortir ton potentiel.

Il semblait déçu. De moi, ai-je songé, ou de lui?

— Ç'a fonctionné pour les autres, ai-je dit à contrecœur. Ils aiment réellement comment tu procèdes.

Son visage s'est illuminé, lui donnant davantage l'aspect d'un vrai adolescent. Il était toujours d'une beauté extraordinaire, mais il paraissait moins intense.

— C'est vrai? Je suis content. Je n'avais pas été aussi nerveux depuis que... Bien, laisse tomber.

Il a serré les lèvres, comme pour s'assurer qu'aucune autre parole ne s'en échapperait. Il semblait bouleversé, comme s'il n'avait pas eu l'intention de prononcer ces mots à voix haute.

— Tu étais nerveux?

Je ne pouvais m'empêcher de tirer du plaisir de cet aveu.

— Hunter le tout puissant?

Hunter s'est penché vers l'avant pour fixer l'âtre des yeux.

— Tu penses que je ne sais pas ce que vous pensiez tous de Cal? Surtout toi. Je sais que personne ne souhaitait vraiment que je devienne le meneur. Et une partie de moi se disait que vous aviez peut-être raison. Peut-être suis-je incapable de diriger un cercle aussi bien que lui. Dieu sait qu'il est plus à l'aise avec les gens que je ne le serai jamais.

Je l'ai regardé intensément, étonnée de l'entendre admettre toute cette vulnérabilité. J'ai repensé à l'époque où j'avais regardé Cal aller d'une clique à l'autre à l'école, semblant se fondre partout où il allait. Ceci expliquait en partie pourquoi il était si doué dans la manipulation des autres — il pouvait leur présenter la façade qu'ils souhaitaient voir. Et ce qui rendait ce don si puissant était que, à un certain degré, c'était la réalité. Pour sa part, Hunter pouvait uniquement être lui-même.

Nous avions ça en commun, lui et moi.

Une tristesse a embrumé ses yeux verts et clairs.

— J'avais toujours cru que mon père serait là pour me voir devenir meneur d'une assemblée. C'était étrange de franchir cette étape sans lui.

J'ai hoché la tête, consciente de cet autre lien que nous partagions.

— Un peu comme d'en apprendre davantage sur ma lignée sans mes parents biologiques. J'ai l'impression qu'il manque quelque chose.

— Oui, a acquiescé Hunter. Sans papa, être meneur d'une assemblée est encore plus intimidant.

— Qu'est-ce qui t'a amené à te décider à le faire, alors ? ai-je demandé.

Il m'a soudain adressé un sourire en coin en me regardant à travers sa tignasse de cheveux pâles.

— L'idée que *tu* pourrais décider d'être meneuse. Je ne pouvais prendre ce risque.

Si c'était une blague, je ne la trouvais pas particulièrement drôle.

— Hé, je ne suis pas venue ici pour être insultée.

— Oh, arrête, a-t-il dit en riant. Ce n'était pas une insulte. Je voulais simplement dire que tu es en quelque sorte un canon fou parce que tu possèdes tout ce pouvoir sans aucune formation. Ce n'est pas une condition incurable.

— Contente de savoir que je ne suis pas en phase terminale, ai-je marmonné.

Il m'a regardée d'un air plus sérieux.

— Morgan, écoute-moi. Tu as tellement de potentiel, et c'est très excitant, je le sais.

Mais tu dois apprendre à le guider et à le centrer. Pour ton propre bien autant que pour celui des autres. Tout ce pouvoir fait de toi un signal lumineux. Tu es une cible sur pattes.

Brusquement, je me suis souvenue de la véritable raison de ma visite. Je me suis avancée sur le fauteuil.

— Je dois te dire quelque chose, ai-je dit.

Je lui ai décrit la force sombre que j'avais ressentie après mon rêve et à nouveau dans le garage.

— J'ai tenté de l'amener à se dévoiler en dessinant Peorth, mais la force s'est évaporée, en quelque sorte, ai-je dit. Sais-tu ce que c'était?

Il a froncé les sourcils.

— Ce n'est pas un bon signe. C'était peut-être une autre sorcière, sous un masque. Mais on dirait bien qu'il s'agissait d'un type de *taibhs* — un esprit sombre.

— La première fois, lorsque je l'ai ressenti au milieu de la nuit, j'ai eu l'impression que, peu importe ce que c'était, je n'étais pas visée, ai-je dit. Mais après ce qui s'est passé au garage, je n'en suis plus certaine. Tu penses qu'il me suit ?

— Je pense que tu l'aurais senti.

Hunter s'est levé pour s'avancer vers la fenêtre et scruter les arbres à l'extérieur.

— Mais nous devons supposer qu'il ne s'agit pas d'une coïncidence. L'esprit était à ta recherche et il t'a trouvée.

— Est-ce que Selene l'a envoyé ? Ou… Cal ? ai-je demandé à voix basse sans vraiment vouloir connaître la réponse.

— Selene est la source plus probable, a fait Hunter. Ton pouvoir exerce un attrait irrésistible sur elle, presque autant que les outils de Belwicket. Si elle ne peut te contraindre à joindre son groupe, elle voudra absorber ton pouvoir. Il rehausserait le sien à un tel point qu'elle serait pratiquement invincible.

J'ai eu la chair de poule. J'ai pensé à David qui disait que nous devions prendre autant en considération les intentions de Selene que ses actions. Il avait peut-être raison, mais ses intentions paraissaient plutôt terribles en soi.

— Ils sont vraiment maléfiques, n'est-ce pas? ai-je demandé. Selene et... et Cal?

Il a recueilli des branches dans la boîte de bois d'allumage, les a cassées en deux avant de les jeter dans le feu.

— Cal... est la création de sa mère. Je ne sais pas si je le qualifierais de maléfique.

En levant les yeux, il m'a adressé son sourire de travers.

— Du reste, ce n'est pas une chose très gentille à dire de sa propre famille, n'est-ce pas?

Je lui ai adressé un grand sourire. Hunter avait un sens de l'humour, ai-je réalisé. Il était seulement un peu excentrique.

— En ce qui concerne Selene, a poursuivi Hunter en redevenant sérieux, elle est ambitieuse et sans pitié. Elle a étudié auprès de Clyda Rockpel.

J'ai secoué la tête pour lui indiquer que je ne connaissais pas ce nom.

— Clyda Rockpel était une Woodbane galloise connue pour sa brutalité. On dit qu'elle a assassiné sa propre fille pour

rehausser son pouvoir. Et il est certainement vrai que, partout sur le passage de
Selene, des sorcières disparaissent. La destruction semble être semée sur son passage. Oui, je dirais qu'elle est véritablement
maléfique.

J'ai ressenti une vague de pitié pour
Cal. Avec une mère comme ça, il n'avait
jamais eu de choix. Ou de chance.

Comme s'il pouvait lire mes pensées,
Hunter a dit d'une voix douce :

— Pauvre Cal.

Ses yeux ont rencontré les miens, et j'ai
été surprise par la compassion que j'y ai
trouvée.

Nous nous sommes fixés du regard,
puis nous nous sommes trouvés suspendus
dans un étrange moment intemporel.
J'avais l'impression de tomber dans le
regard de Hunter et, encore une fois, je me
suis souvenue du soir où il m'avait presque
embrassée. Du lien profond que je sentais
avec lui, de la légèreté que j'avais ressentie
quand nous avions fait le *tàth meànma*, le
partage intense des esprits que j'appelais
l'emmêlement wiccan des esprits.

Je voulais sentir la bouche de Hunter contre la mienne, ses bras autour de moi. Je voulais l'embrasser pour chasser toute cette tristesse, tout ce qui lui était arrivé avant notre rencontre. Pour lui dire que son père serait fier de lui s'il pouvait être ici. Je pouvais sentir qu'il désirait la même chose ; qu'il brûlait d'envie de caresser mon visage jusqu'à ce qu'il ait essuyé toutes les larmes que j'avais versées pour Cal.

Puis, j'ai cligné des yeux. Mais à quoi est-ce que je *pensais* ? J'étais là, en train de parler au demi-frère de mon ex-petit ami et je fantasmais sur lui, je voulais l'embrasser. Étais-je folle ?

— Je... je dois y aller, ai-je dit.

Une faible rougeur avait gagné la peau pâle et claire de Hunter.

— Bien sûr, a-t-il dit en se levant.

Il s'est raclé la gorge.

— Attends un instant. J'ai des livres pour toi.

Il a arpenté le couloir pour recueillir des livres sur les tablettes.

— Tiens, a-t-il dit de sa voix convenable habituelle. Un abrégé des alphabets runiques, la critique de Hope Whitelaw sur le système numérologique d'Erland Erlandsson, et un guide sur les propriétés des pierres, des minéraux et des métaux. Commence par ces livres et lorsque tu auras terminé, nous en discuterons. Puis, je t'en donnerai d'autres.

Ne faisant pas confiance à ma voix, j'ai hoché la tête. Lorsque j'ai pris les livres de Hunter, j'ai fait attention à ce que nos mains ne se touchent pas.

Dehors, le ciel d'après-midi était dur pour les yeux dans sa blancheur éblouissante. J'ai parcouru le chemin vers la maison, médusée, mon esprit tourbillonnant d'information. J'ai à peine remarqué le froid.

9

Presque
normale

*C'est arrivé encore une fois cet après-midi.
Comme c'était arrivé l'autre soir. Nous étions en
train de parler — de parler de la façon de la protéger, en fait — quand, soudain, je l'ai regardée et
j'ai eu l'impression d'avoir trouvé un univers entier
dans ses yeux. Et j'ai eu une envie furieuse de la
toucher, d'embrasser sa bouche... Je n'arrête pas de
penser à elle. Elle m'émeut de façon si forte, si
étrange. Je ne me suis jamais senti comme ça
auparavant.*

*Je suis un idiot. Elle peut à peine me
supporter.*

— Giomanach

Jeudi et vendredi, j'ai travaillé très fort pour mener une vie normale. Je suis allée à l'école. J'ai discuté avec mes amis. J'ai travaillé au bureau de ma mère — j'avais conclu une entente avec mes parents selon laquelle ils m'avançaient l'argent pour la réparation de ma voiture et, en échange, je saisirais toutes les inscriptions immobilières de maman dans l'ordinateur. J'ai accueilli avec gaieté la clôture de la maison de tante Eileen et de Paula, et leur déménagement prévu pour le week-end. J'ai essayé de ne pas penser à Cal. Ou à Hunter. Ou à la mauvaise nouvelle au sujet de la fermeture de Magye pratique. Ou aux forces sombres qui allaient peut-être m'attaquer. Mes journées ont passé comme si j'étais une adolescente moyenne.

Samedi, Robbie est venu me prendre dans sa Beetle rouge. À ce stade, tous les membres de l'assemblée savaient que Magye pratique allait fermer ses portes, et Robbie m'avait suggéré de nous y rendre pour voir si nous pouvions faire quoi que ce soit. Je ne pensais pas que nous pouvions aider, mais j'étais contente d'aller à la boutique de toute façon.

— Et puis, comment ça s'est passé hier soir? ai-je demandé en bouclant ma ceinture de sécurité.

Je savais que Robbie s'était rendu chez Bree. Leur amitié vieille de nombreuses années prenait une nouvelle orientation.

Robbie a secoué la tête tout en tenant les yeux vers son pare-brise.

— Comme les fois précédentes. Nous avons parlé de tout et de rien et nous avons regardé une vidéo. Puis, nous nous sommes embrassés, et c'était génial. Fantastique. Mais à la minute où j'ai tenté de lui parler de mes sentiments, elle s'est désistée.

Il a fait un grand sourire.

— Mais, cette fois-ci, j'ai été assez intelligent pour me la boucler et l'embrasser à nouveau avant qu'elle ne me mette à la porte.

J'ai éclaté de rire.

— Bonne réaction.

En réalité, Robbie était amoureux de Bree depuis des années. Mais Bree était splendide alors que Robbie... Eh bien, il était une face de pizza. Cela l'avait découragé de l'approcher. Mais alors, en testant mon nouveau pouvoir, j'avais fabriqué une potion pour traiter l'acné qui effaçait sa beauté. La potion avait fonctionné, en plus d'avoir d'autres effets presque effrayants. Ses cicatrices avaient complètement disparu et sa faible vue s'était améliorée jusqu'à ce qu'il n'ait plus à porter les lunettes épaisses qui étaient siennes depuis que je le connaissais. Sans l'acné et les lunettes, il s'est avéré être extrêmement beau, si bien qu'on le considérait maintenant comme un mec séduisant à l'école.

Armé de sa nouvelle apparence, Robbie avait trouvé le courage de faire la cour à Bree. Mais, jusqu'à présent, les résultats étaient inégaux. Ils ne se fréquentaient pas exactement, mais ils étaient résolument plus que des amis. Du côté de Robbie, c'était l'amour. Du côté de Bree... C'était impossible à dire. Même à l'époque où nous nous racontions tout, elle avait toujours été difficile à décoder en ce qui avait trait aux relations.

En songeant à Bree, mon cœur s'est serré devant la perte. Avec tout ce qui m'était arrivé en une si courte période de temps, ne pas pouvoir me confier à elle était douloureux. Mais les blessures étaient encore trop fraîches. Peut-être... Peut-être qu'avec le départ de Cal, nous pourrions redevenir des amies. Je l'espérais.

Robbie et moi avons parlé des problèmes de Magye pratique pour le reste du trajet. Robbie a froncé les sourcils alors qu'il cherchait une place pour se garer devant la boutique.

— Il y a une chose que je ne pige pas, a-t-il dit. Je veux dire, nous t'avons, toi, et David, Alyce, Hunter et Sky — cinq sorcières de sang. Et je présume que vous souhaitez tous garder Magye pratique ouverte. Pourquoi ne pouvez-vous pas jeter un sort ensemble afin que David gagne à la loterie ou quelque chose ?

— Je suis certaine que la loi wiccane l'interdit, ai-je dit d'un air sombre. Autrement, David et Alyce y auraient déjà eu recours.

— C'est moche, a fait Robbie.

Il a faufilé sa voiture dans un espace derrière une mini-fourgonnette, et nous nous sommes dirigés vers la boutique.

J'ai hoché la tête, mais je ne pouvais m'empêcher d'y réfléchir — il devait exister un sortilège pour accroître la richesse. Après tout, si je me fiais aux inscriptions que j'avais vues au bureau de maman, la propriété de Selene Belltower devait valoir au moins un million de dollars. Et, bien que Cal m'ait dit que les employeurs de Selene l'avaient mutée à Widow's Vale, je n'avais jamais découvert ce qu'elle pouvait bien faire pour gagner sa vie. J'avais l'impression que son argent ne provenait pas d'une voie officielle.

Robbie a poussé la porte, et je l'ai suivi dans la boutique. J'ai été stupéfaite par l'accueil que nous a réservé Alyce.

— Morgan! s'est-elle exclamée.

Ses yeux brillaient, ses joues étaient roses, et elle semblait presque grisée.

— Robbie! Je suis heureuse de vous voir. J'ai une excellente nouvelle!

— Qu'est-il arrivé? ai-je demandé.

— C'est presque incroyable. Stuart Afton a essuyé la dette de Rosaline! a affirmé Alyce.

— Quoi? ai-je pratiquement crié. Comment est-ce arrivé?

— Les gens riches font vraiment ce genre de choses? a demandé Robbie.

— Apparemment, au moins un d'entre eux le fait, a répliqué Alyce en riant. Afton a appelé David tard hier soir pour lui annoncer qu'il avait fait des bénéfices exceptionnels à la bourse et qu'il décidait de partager sa chance. J'imagine que c'est la force de l'esprit de Yule.

David a surgi de la petite arrière-boutique.

— Vous avez entendu la nouvelle?

— Alyce vient de nous l'apprendre, ai-je répondu. C'est presque trop incroyable pour être vrai.

David nous a adressé un faible sourire.

— C'est plutôt surprenant, a-t-il dit.

— Alors, l'entente avec la chaîne de librairies est annulée? a demandé Robbie.

— Exact, a dit David. Et les locataires peuvent rester pour le même prix.

— Mieux que tout, Magye pratique est ici pour rester, a ajouté Alyce. Nous aurons une fête ici, ce soir, pour célébrer cette nouvelle. J'allais vous appeler pour vous inviter, en fait. Nous voulons que tout le monde vienne — wiccans, catholiques, bouddhistes, athées ; peu importe.

Quelle bonne nouvelle. Même la pensée des forces sombres qui nous entouraient ne pouvait aigrir mon humeur joviale.

— Nous serons là, ai-je promis.

— Euh, Morgan, a fait Robbie en me donnant un coup de coude. Hunter a planifié un cercle pour ce soir, tu te souviens ?

J'avais oublié, en fait. À l'idée de revoir Hunter, mon estomac a basculé.

— J'ai déjà parlé à Hunter. Il va reporter le cercle, a indiqué Alyce en rigolant, pratiquement. Ce genre de cadeau n'arrive pas tous les jours, et nous devons l'accueillir correctement. J'ai déjà réservé le groupe The Fianna. C'est la première chose que j'ai faite quand j'ai eu la nouvelle.

The Fianna était un groupe celtique populaire. Mary K. et moi avions tenté d'obtenir des billets pour un de leurs concerts au printemps dernier, mais ils se produisaient à guichets fermés.

J'ai jeté un regard à David, qui comptait méthodiquement les jeux de tarot. En comparaison avec la joie énergique d'Alyce, la sienne semblait être contenue. Puis, je me suis souvenue que la conclusion positive de cette histoire émanait d'un deuil — la mort de la tante de David. Il était possible que, maintenant, comme la crise au sujet de l'immeuble était terminée, il avait plus de temps pour vivre son deuil. Comme l'enseigne la Wicca, tout est cyclique. La vie mène à la mort qui, elle, mène à la renaissance.

Je me demandais dans quel type de cycle je me trouvais avec Hunter. Le mécontentement menait à des rêves de l'embrasser jusqu'à... l'agacement, encore?

— Alors, quels non-Wiccans se trouveront à cette fête? a demandé Mary K. alors que nous attendions que le pare-brise de Das Boot dégivre.

Quand j'étais rentrée à la maison cet après-midi, elle était si déprimée au sujet de sa rupture avec Bakker que je l'avais convaincue de m'accompagner à la fête chez Magye pratique. Mary K. avait les mêmes impressions que mes parents au sujet de la Wicca. Par conséquent, elle avait hésité… jusqu'à ce que je lui mentionne la prestation que donnerait The Fianna.

— The Fianna? avait-elle dit, le souffle coupé. Sans blague?

Impossible pour elle de refuser l'invitation.

Je ne l'avais pas seulement invitée par gentillesse : j'avais besoin de son appui. Je n'avais jamais été la personne la plus à l'aise à une fête. Et de savoir que Hunter y serait me rendait encore plus nerveuse.

J'ai soufflé sur mes doigts pour les réchauffer.

— Je ne suis pas certaine de qui sera là, ai-je dit. Probablement les locataires de l'immeuble. Puis, Robbie et Bree et d'autres étudiants. Ils sont peut-être wiccans, mais ils demeurent des gens que tu connais depuis toujours.

J'ai jeté un regard à la dérobée du côté de Mary K. Elle portait une jupe en laine brune et un pull brun-roux. Des boucles d'oreille de citrine brillaient contre ses cheveux auburn. Comme d'habitude, elle était parfaite — ni trop décontractée ni trop habillée, simplement d'une beauté indéniable.

— Eh bien, tu es superbe, a-t-elle dit d'un ton anormalement nerveux.

Sur ses conseils, j'avais revêtu un pull lavande, une longue jupe vert forêt, un collier serti d'améthystes et des bottes lacées brunes. Étais-je vraiment jolie ? Sauf quand j'effectuais de la magye, je me sentais toujours d'une banalité déprimante. Je mesure un mètre soixante-dix, ma poitrine est pratiquement inexistante, mes cheveux sont brun moyen, et je suis dotée de ce que ma mère appelle un « nez imposant ». Je ne suis pas d'une laideur révoltante, mais je ne suis pas jolie.

En fait, je n'avais jamais été jolie jusqu'à l'arrivée de Cal. Cal était d'une telle beauté, il aurait pu avoir la fille qu'il voulait — mais il m'avait choisie, moi. Bien entendu, il m'avait choisie pour des raisons horribles, mais malgré tout, je ne croyais pas qu'il avait complètement improvisé sa façon de me regarder, de me toucher, de m'embrasser. J'avais eu l'impression de devenir belle. À présent, sans lui, je me sentais ordinaire à nouveau.

Mary K. a joué avec sa ceinture de sécurité et s'est tournée vers moi.

— Bon… Qu'est-il arrivé entre Cal et toi ? La véritable histoire, je veux dire.

Mes doigts se sont serrés autour du volant. J'ai pris une grande inspiration et je lui ai finalement tout raconté ce qui était arrivé le jour de l'incendie. Tout ce que je n'avais pas dit à mes parents.

— Oh mon Dieu, était tout ce qu'elle est parvenue à dire quand j'ai terminé mon récit. Oh mon Dieu, Morgan.

— Tu sais, je te dois des excuses pour m'être érigée en juge en ce qui concerne Bakker et toi, lui ai-je dit. Je suppose que je m'attendais à ce que tu gères la situation en suivant une formule simple et rationnelle : Bakker fait du mal à Mary K. ; Mary K. laisse tomber Bakker.

— C'est ce que j'aurais dû faire.

La voix de Mary K. était si basse que je l'entendais à peine.

— Je n'arrive pas à croire que je lui ai donné une autre chance.

— Il y a deux semaines, je ne le comprenais pas non plus, ai-je lentement dit pendant que mes pensées se transformaient en paroles. Mais les sentiments ne sont pas rationnels. J'ai fait la même chose. Pendant toute la semaine dernière, je savais que quelque chose ne tournait pas rond avec Cal, mais je ne voulais pas croire qu'il pourrait me faire du mal, même après qu'il a usé de magye sur moi.

— Il l'avait déjà fait?

— La nuit avant mon anniversaire.

La nuit où nous avons presque tué Hunter, ai-je pensé. Mary K. n'avait pas à connaître cette partie de l'histoire. J'ai difficilement avalé ma salive.

— Cal m'avait jeté un sortilège de ligotage. Je ne pouvais pas bouger. C'était comme si j'avais été droguée.

— Oh, génial. Tout ça me donne vraiment envie d'entrer dans une pièce remplie de sorcières.

Mary K. a tourné son regard vers l'extérieur pendant que je me garais dans un espace à un pâté de Magye pratique.

— Il est trop tard pour rebrousser chemin et rentrer à la maison?

— Oui, trop tard, ai-je dit en souriant et en éteignant le moteur.

Mais Mary K. est demeurée assise sur son siège, occupée à retirer ses gants et à les renfiler. Quand elle a parlé à nouveau, elle paraissait jeune et vulnérable.

— J'apprécie ce que tu m'as dit à propos de Bakker et moi. Et je sais que la Wicca et ta... ta mère biologique ont une grande importance pour toi. Mais tous ces trucs de sorcellerie, ça m'effraie. Surtout quand tu me dis ce qui t'est arrivé à cause de ça.

J'ai poussé un soupir. Peut-être que j'en avais trop dit.

— Voilà pourquoi c'est important pour moi que tu viennes à cette fête, ai-je essayé de lui expliquer. Je veux que tu rencontres ces gens pour que tu sois à même de voir qu'ils ne sont pas tous bizarres ou effrayants ou maléfiques. Je ne veux pas cacher qui je suis. Je t'en prie, Mary K. Si tu es vraiment mal à l'aise, nous ne resterons pas, je te le promets.

Elle a posé son regard sur ses cuisses. Après un certain moment, elle a hoché la tête.

— OK, ai-je dit en tentant d'emprunter un ton enjoué. C'est l'heure de la fête.

10

La fête

Juillet 1991

Nous sommes à Bordeaux, chez Leandre, un cousin Wyndenkell de Fiona. Fiona ne va pas bien. Elle dit qu'elle a seulement attrapé froid durant la traversée de la Manche, mais j'ai bien peur que ce soit beaucoup plus grave. Depuis une semaine maintenant, elle est fiévreuse toutes les nuits, et aucun des remèdes habituels ne semble la soulager. Je suis presque prêt à suggérer que nous consultions un docteur en médecine occidentale.

Je suis sorti aujourd'hui pour chercher dans les champs et j'ai trouvé un morceau de quartz de la taille de mon poing. Ce n'est pas aussi bien qu'une agate noire, mais je pense que ça servira. Je vais effectuer un présage pour voir nos enfants, notre village, notre assemblée. Mon cœur est lourd d'appréhensions à l'idée de ce que je pourrais voir.

— Maghach

Mary K. n'était pas seule dans sa nervosité. Je sentais des papillons voler dans mon estomac alors que je parcourais le pâté menant à la boutique. Je venais de réaliser qu'il me faudrait entrer dans une pièce remplie de gens qui savaient probablement ce qui était arrivé entre Cal et moi. Je me suis imaginé toutes les conversations prenant fin, et tous les yeux se tournant vers moi et Mary K. à l'instant où nous franchirions la porte. J'ai pratiquement cessé d'avancer.

Mary K. a scruté mon visage.

— Tu veux rentrer à la maison ? a-t-elle demandé avec perspicacité.

J'ai avalé ma salive.

— Non. Viens.

Finalement, notre arrivée a à peine attiré l'attention. Je me suis tenue près des portes en verre pour retirer mes gants et rassembler mon courage. La fête était déjà bien entamée. Magye pratique était illuminée de bougies et de petites lumières de Noël blanches, et des aiguilles de pin étaient accrochées aux moulures. Les tablettes avaient été déplacées vers la partie non bibliothèque de la boutique afin de laisser place à une scène. Une toile décorée de motifs celtiques avait été drapée sur le comptoir et recouverte de plateaux de nourriture.

Alyce, revêtue d'une longue robe en velours bleu, a été la première à nous souhaiter la bienvenue.

— Morgan, a-t-elle dit avant de m'enlacer dans un câlin. Tu es magnifique. Je suis si heureuse que tu sois venue. Et ton amie est…

— Ma sœur, Mary K.

— Bienvenue, a-t-elle dit en prenant les mains de Mary K. dans les siennes. Quel plaisir de te rencontrer.

Mary K. a souri ; il était impossible d'être insensible à la nature chaleureuse d'Alyce.

Alyce nous a poussées vers la fête.

— Il y a déjà beaucoup de monde, nous a-t-elle averties. Il y a un porte-manteau contre le mur arrière, des boissons froides près de la porte de l'entrepôt et du cidre chaud sur la petite table près des Livres des ombres.

— The Fianna va vraiment donner un spectacle? a demandé Mary K.

— Oui. Le groupe est en arrière-boutique, en train d'étudier la liste de chansons.

— Comment avez-vous fait pour retenir ses services?

Mary K. était clairement impressionnée.

— J'ai des connexions, lui a dit Alyce. Le guitariste principal est mon neveu. Tu aimerais rencontrer le groupe?

Ma sœur a écarquillé les yeux.

— Vous êtes sérieuse?

— Voilà ta chance.

Alyce a passé un bras sous celui de Mary K. et l'a guidée vers l'arrière du comptoir et dans l'arrière-boutique.

J'ai survolé des yeux les autres invités. Il y *avait* foule. J'ai aperçu le couple âgé qui habitait à l'étage se tenant par la main et affichant de grands sourires. Même de l'autre côté de la pièce, je pouvais sentir leur soulagement. J'ai ressenti une bouffée de plaisir à savoir que certains problèmes pouvaient connaître une conclusion rapide et heureuse.

Sharon et Ethan se tenaient près d'un tonneau en aluminium rempli de glace et de cannettes de boissons, la tête penchée l'un vers l'autre. Jenna, vêtue d'une robe fourreau en soie et d'un cardigan court, discutait de façon animée avec un gars que j'avais aperçu dans la boutique l'autre jour. Il riait de quelque chose qu'elle avait dit, et j'ai remarqué son ex, Matt, les observer. En surprenant le regard subtil que Jenna a jeté à Matt, je pouvais voir qu'il lui plaisait que Matt la regarde flirter avec quelqu'un d'autre.

Les choses sont de plus en plus compliquées, ai-je pensé. J'ai jeté un regard à la ronde, à la recherche de Hunter. Je l'ai presque manqué, car il était agenouillé et aux prises avec une conversation profonde avec le petit garçon que je reconnaissais comme le fils de quatre ans de l'autre locataire, Lisa Winston. Le petit garçon semblait expliquer quelque chose d'important à Hunter, et Hunter hochait la tête d'un air grave. Puis, Hunter a dit quelque chose, et le petit garçon a poussé un rire joyeux. Hunter devait avoir senti mon regard posé sur lui, car il m'a soudain regardée à la dérobée. Mon cœur a cessé de battre ; était-ce la nervosité ?

Hunter a repris sa conversation avec le garçon, et je me suis demandé si je devais me joindre à eux quand j'ai entendu quelqu'un dire mon nom dans mon dos.

— C'est bien Morgan, n'est-ce pas ?

Je me suis retournée pour apercevoir une femme d'âge moyen, aux cheveux poivre et sel ramassés dans une tresse française épaisse. Elle me semblait familière, pourtant, je n'arrivais pas à la replacer.

— Je m'appelle Riva. Je t'ai rencontrée une fois chez Selene. Je fais partie de Starlocket, a-t-elle expliqué. J'ai su ce que Selene et Cal ont essayé de te faire, a-t-elle ajouté en me fixant du regard.

— Oh, ai-je dit.

Voilà exactement ce que je craignais. J'avais l'impression d'être un animal en cage au zoo, et je souhaitais ardemment qu'elle s'en aille et me laisse tranquille.

— Je n'arrive pas à y croire, a-t-elle poursuivi. Je n'avais aucune idée que Selene pratiquait la magye noire. Je te promets que si quiconque d'entre nous l'avait su, nous ne l'aurions pas laissée nous diriger.

— Merci, ai-je dit, mal à l'aise. C'est bon à savoir.

Elle a hoché la tête avant d'aller parler à une autre dame qui faisait aussi partie de Starlocket — je m'en souvenais.

La mention de la magye noire m'a amenée à repenser à la présence que j'avais sentie à la maison et au garage. J'avais vérifié que les *sigils* de protection que Sky et Hunter avaient laissés chez moi étaient toujours là, et ç'avait été rassurant de réaliser qu'ils y étaient. Savoir que mon autel était préparé m'a aussi donné un sentiment qu'on pourrait presque qualifier de paix d'esprit. Peut-être que je devrais dénicher un livre sur la magye des autels, ai-je pensé. Au moins, ça me donnerait quelque chose d'autre à faire que de rester debout comme une idiote.

Au moment où j'avançais vers la section des livres, j'ai senti une bouffée d'air froid et je me suis retournée pour voir la porte d'entrée ouverte.

— Nous sommes là, a annoncé Raven Meltzer dans l'embrasure. La fête peut commencer maintenant !

Elle s'est pavanée dans la boutique, Bree et Sky la suivant de près.

Raven méritait le prix du costume le plus excentrique — sans surprise. Elle n'avait même pas pris la peine d'endosser un manteau ; elle souhaitait probablement ne pas ruiner son entrée dramatique. Son bustier en cuir noir mettait en vitrine tant le cercle de flammes tatoué autour de son nombril que son décolleté généreux. Elle portait un pantalon en cuir noir ajusté, des bottes de motard aux semelles épaisses, des bracelets en hématite aux poignets, des chaînes en argent autour de son cou et une ombre à paupières brillante étendue jusqu'à ses tempes. Elle avait ajouté des mèches bleues dans ses cheveux noirs teints. En arrêtant son regard sur Matt, elle lui a adressé un grand sourire avant de se pour-lécher lentement les lèvres de manière sug-gestive. Il a rougi profondément.

Alors que Bree se défaisait de son man-teau lourd, Robbie est apparu pour le recueillir. Trop tard : un gars de ma classe d'anglais l'avait déjà saisi, et Bree l'a remercié gentiment en lui touchant le bras. Elle paraissait encore plus sensuelle que d'habitude dans sa robe cuivrée légère.

Sky était aussi belle que Bree et Raven, mais d'une façon complètement différente. Elle était plus effacée, contenue, dans un jean noir et un débardeur bleu nuit qui mettaient en valeur son teint pâle et ses yeux foncés. Ces yeux ne quittaient jamais Raven. Elle la regardait avec fascination, avec un désir ardent. J'avais été stupéfaite de découvrir que Sky avait un sérieux béguin pour Raven : elles étaient si différentes. Peut-être que là résidait l'attirance de Sky.

J'ai poussé un soupir. Matt désirait Raven, mais voulait toujours Jenna, d'une certaine façon. Raven souhaitait aguicher Matt et peut-être même Sky. Sky désirait Raven. Robbie voulait Bree qui, elle, désirait seulement les garçons qu'elle n'avait pas à prendre au sérieux. Et je désirais toujours Cal, qui avait essayé de me tuer. Sauf quand je désirais Hunter, que je ne pouvais pas supporter… Soudain, l'idée de joindre un couvent devenait très attrayante.

J'ai émis un rire grognard. Les sorcières pouvaient-elles joindre un couvent ? Eh bien, c'était là une pagaille pour laquelle je ne pouvais accuser la Wicca, ai-je réalisé. La Wicca nous avait peut-être réunis et avait peut-être intensifié nos émotions, mais les mots « hormones adolescentes » étaient marqués sur ce petit feuilleton. De façon étrange, le côté normal de ces problèmes énormes était réconfortant.

Et voilà où j'en étais : je retrouvais mon rôle normal de tapisserie.

Bree a surpris mon regard et m'a adressé un petit sourire prudent. Elle savait à quel point les trucs mondains me rendaient inconfortable. J'avais toujours compté sur elle pour passer au travers. J'ai répondu à son sourire.

À ma surprise, elle s'est dirigée vers moi.

— Hé, Morgan. Cette jupe te va super bien.

— Mary K. a choisi cet ensemble pour moi, ai-je admis.

Bree a éclaté de rire sans aucune malice.

— C'est bien ce que je pensais.

Nous nous sommes tenues côte à côte pendant un moment, occupées à observer la foule. Puis, elle m'a demandé doucement :

— Est-ce que c'est difficile pour toi d'être ici sans Cal ?

En tressaillant, je lui ai jeté un regard à la dérobée. Je ne m'étais pas attendue à une question aussi directe. Mais quand nos regards se sont rencontrés, je souhaitais tellement rétablir un lien avec elle.

— Tout me paraît difficile depuis qu'il est parti, ai-je dit.

Mes mots ont déboulé.

— Il me manque tout le temps. Et je me sens tellement idiote. On dirait une histoire de tabloïd : « Sorcière ado en deuil de meurtrier en herbe ».

— Tu n'es pas idiote, a-t-elle dit. Tu te souciais réellement de lui. Et… peut-être qu'à sa façon un peu tordue, il se souciait réellement de toi, lui aussi.

J'ai hoché la tête d'un air hébété. Je savais que ces paroles avaient dû être difficiles à prononcer. Elle avait voulu Cal pour elle-même. Et je me sentais un peu moins idiote en pensant qu'il se souciait de moi, même un peu.

Bree a hésité.

— Tu sais, j'ai réfléchi à la façon dont il s'est joué de nous.

Je me suis figée. Bree s'aventurait sur un terrain glissant.

— Ce que j'essaie de dire est…

Elle a paru incroyablement mal à l'aise, mais elle a plongé.

— Je pense que Cal a couché avec moi délibérément, en sachant très bien qu'il ferait de nous des rivales.

Je l'ai toisée du regard.

— Quoi?

— Il voulait t'isoler, a-t-elle expliqué. Allons, Morgan. Toi et moi, nous étions meilleures amies. Nous parlions de tout. Nous avions confiance l'une en l'autre.

Des trémolos sont apparus dans la voix de Bree, et je pouvais la voir lutter pour les maîtriser.

— Cal essayait de prendre le pouvoir sur toi, de te contrôler complètement. Cela aurait été logique de s'assurer qu'il était le seul à qui tu parlais, le seul en qui tu avais réellement confiance. En nous séparant, tu devenais plus dépendante de lui.

En un éclair de clarté révoltante, j'ai réalisé qu'elle avait raison. J'avais l'impression qu'on m'avait balancé un coup de poing dans l'estomac. Chaque fois que je croyais avoir fait face au pire au sujet de Cal, je découvrais quelque chose — de nouvelles couches plus profondes de tromperie, de son côté, et d'aveuglement, du mien.

— Il a fait de nous des rivales. Il nous a utilisées, a dit Bree.

J'ai hoché la tête, incapable de parler devant les autres couches qui tombaient.

Mais, debout là, à tenter de traiter tous ces renseignements, j'ai réalisé que même si Bree avait raison au sujet de Cal, personne ne l'avait obligée à me faire subir toutes les cruautés qu'elle m'avait lancées. Peut-être que notre relation se réparait, mais elle ne redeviendrait jamais ce qu'elle avait déjà été. Nous ne pourrions jamais nous faire confiance comme nous le

faisions autrefois. Je me suis sentie incroyablement triste.

— Qu'est-il arrivé à David ? a demandé
Bree, en ramenant mon attention sur la
pièce.

— Quoi ? ai-je demandé.

Elle a pointé le comptoir du menton.
David trempait une carotte dans du hou-
mous. Sa main gauche était enveloppée
dans un bandage en gaze blanc.

— Je ne sais pas, ai-je dit. Allons lui
demander.

Avant que je puisse avancer, Mary K. a
surgi de l'arrière-boutique et, à ma surprise, elle est grimpée sur la plateforme et a
saisi le microphone.

— Pardonnez-moi. Puis-je avoir votre
attention, je vous prie ? a-t-elle dit.

Lorsque la pièce est devenue silencieuse, elle a annoncé, avec un grand
sourire :

— C'est avec plaisir que je vous pré-
sente The Fianna !

Un tonnerre d'applaudissements a
retenti dans Magye pratique alors que les
membres de The Fianna montaient sur la

scène. Le groupe était formé de quatre gars maigres et d'une fille de petite taille aux cheveux roux coupés courts. Elle s'est mise à entonner une chanson *a cappella* d'une voix qui vous hante. Elle me rappelait la voix de Hunter quand il avait chanté son hymne lors de notre cercle, une voix tirée de nos ancêtres, un lien pur et chatoyant avec notre passé.

J'ai bondi quand j'ai entendu la voix de Hunter derrière moi.

— Il faut que je te parle, a-t-il dit d'une voix douce.

Bree m'a adressé un regard interrogateur avant d'aller rejoindre Sky de l'autre côté de la pièce.

— Pas ici, a dit Hunter.

Il a pris mon coude pour me guider d'un bout à l'autre de la salle remplie et jusqu'à l'extérieur.

— On gèle ici, me suis-je plainte en croisant les bras sur ma poitrine inexistante. Et je veux écouter The Fianna.

— Les ballades irlandaises morbides devront attendre, a-t-il dit. Crois-moi, il y en aura beaucoup d'autres.

Il a ouvert la portière de la voiture verte de Sky.

— Monte.

Je me suis hissée sur le siège du passager en marmonnant :

— Es-tu obligé de toujours me donner des ordres ?

Il m'a adressé un sourire narquois.

— C'est à cause du froid, a-t-il dit. Pas le temps d'être gentil. Je ne veux pas que tu aies froid dans ta jolie tenue.

Il a fermé ma portière avant de prendre place sur le siège du conducteur.

Troublée par son emploi du mot « jolie » en référence à moi, je suis restée assise, silencieuse.

Il a enclenché le chauffage avant de frotter ses mains pour les réchauffer.

— Je me suis rendu au champ. Là où tu penses que la première présence sombre s'est manifestée.

— Qu… qu'as-tu trouvé ?

Je n'étais pas certaine de vouloir entendre la réponse.

Il a secoué la tête.

— Je ne pense pas qu'il s'agissait de Selene.

— Vraiment?

Mon cœur a repris son rythme normal avant de battre plus vite à nouveau alors que je lui demandais :

— Alors, qui? Quoi?

Hunter a poussé un soupir.

— C'est le problème. Je n'en suis pas tout à fait certain. On a exécuté un rituel sombre à cet endroit — tu avais raison à ce sujet.

Il m'a jeté un regard furtif. Je savais que mes capacités de sorcière débutante continuaient de l'étonner.

— Mais les traces que j'ai trouvées par rapport au rituel suggèrent que la personne qui a effectué le rituel a dû travailler très fort pour conjurer ce type de pouvoir.

— Quel genre de traces?

J'étais fascinée, malgré moi.

— Du sang, entre autres, a dit Hunter, et j'ai retenu mon souffle. Une façon d'invoquer un esprit sombre consiste à faire une offrande de sang. Ce que Selene n'aurait pas besoin de faire.

J'ai fermé les yeux.

— Tu crois que c'était Cal? ai-je demandé à voix basse.

— C'est possible. Mais pourquoi ferait-il une telle chose sans Selene… Ça n'a simplement aucun sens.

J'ai ressenti une faible lueur d'espoir. Peut-être que Cal avait abandonné Selene. Peut-être qu'il était seul parce qu'il était de retour pour être avec moi. J'ai éteint cette lueur en me rappelant que j'avais ressenti de la magye noire, ce qui voudrait dire que Cal était toujours incroyablement dangereux.

J'ai frissonné, et pas en raison du froid.

— Si ce n'est ni Cal ni Selene, qui ça peut bien être? Qui effectuerait un rituel de magye noire? ai-je demandé.

J'ai jeté un coup d'œil à la porte de Magye pratique en me demandant si la sorcière rebelle se trouvait à l'intérieur. Parmi nous. Et ce qu'il ou elle ferait par la suite.

Hunter n'a pas répondu. Il a continué de fixer son regard devant.

— Quoi? ai-je demandé alors qu'une touche de pressentiment donnait à mes bras la chair de poule. Qu'est-ce que tu ne me dis pas ?

J'étais si écœurée par les secrets et les mensonges que ma voix avait résonné plus fort que prévu.

Hunter a serré la mâchoire avant de se tourner vers moi.

— Tu n'aimeras pas ça. Moi non plus, d'ailleurs. Mais n'est-ce pas étrange que Magye pratique ait été sauvée juste à temps ? Ne trouves-tu pas qu'il soit commode que Stuart Afton ait essuyé cette dette énorme, comme ça, sans crier gare ?

Mes yeux étaient rivés sur lui.

— Alyce a dit qu'il a fait des bénéfices exceptionnels, ai-je expliqué. Si je mettais soudain la main sur une tonne d'argent, je serais généreuse, moi aussi.

Hunter m'a adressé un sourire moqueur.

— De toute évidence, tu n'es pas une femme d'affaires.

— Ce n'est pas possible, ai-je lancé sèchement. Es-tu en train de suggérer que David et Alyce ont fait appel à une sorte de magye noire afin que Stuart Afton essuie leur dette ?

— Pas nécessairement Alyce, a dit Hunter. Mais David… oui, je crois que c'est possible. As-tu remarqué le bandage sur sa main?

— Qu'en est-il? ai-je demandé, déconcertée.

— Rappelle-toi le sang que j'ai trouvé dans le champ.

— Hein?

Au départ, je ne comprenais pas ce qu'il tentait de me dire. Mais soudain, j'ai compris, et c'était si absurde que j'ai émis un rire aigu.

— Oh, je t'en prie. Es-tu en train de me dire que David s'est blessé la main en faisant une offrande de sang à un esprit sombre? Allons! Il aurait pu se blesser d'une dizaine d'autres façons. Lui as-tu demandé?

— Non, pas encore, a admis Hunter.

— Je n'arrive pas à croire que tu penses cela, ai-je dit. Je veux dire, nous *savons* que Cal et Selene font usage de la magye noire, et nous savons que la magye a été employée à un endroit où Cal avait l'habitude d'aller.

Pourquoi mêles-tu David à tout ça ? Pourquoi dois-tu être suspicieux de *tout* ?

Je commençais à m'énerver à nouveau.

— Pourquoi ne peux-tu pas accepter qu'une bonne nouvelle soit une bonne nouvelle ?

Hunter était silencieux. La porte de Magye pratique s'est ouverte quand un couple est entré, et la voix de la chanteuse s'est libérée dans la nuit. Elle chantait un air joyeux sur le printemps à venir, et j'ai soudain été impatiente de partager ce plaisir et non d'être assise avec Hunter à écouter ses théories ridicules. J'ai ouvert la portière de la voiture et je me suis dépêchée à entrer dans la boutique.

The Fianna a joué pendant près d'une heure, et pratiquement tout le monde dans la pièce s'est mis à danser. Mary K. est même parvenue à me traîner sur la piste le temps d'une chanson. J'ai ignoré Hunter du mieux que je le pouvais, puis j'ai remarqué qu'il était parti tôt.

Environ une heure plus tard, les gens ont commencé à quitter la boutique. Mary K. et moi avons récupéré nos manteaux. Alors qu'elle faisait ses au revoir au groupe, David m'a rejointe à la table où le cidre était servi.

— Tu as passé une belle soirée? a-t-il demandé.

J'ai hoché la tête et lui ai adressé un sourire.

— Qu'est-il arrivé à ta main? ai-je demandé.

David a haussé les épaules.

— Mon couteau a glissé quand je taillais des branches de pin.

Ha, ai-je pensé. Attendez que Hunter entende ça. Et bon vent à ses soupçons.

Mary K. m'a rejointe en affichant avec fierté son CD autographié de The Fianna.

— J'ai tellement hâte que Jaycee voie ça, a-t-elle déclaré alors que nous gagnions la voiture.

— Alors, maintenant, me crois-tu que ce ne sont pas tous les wiccans qui sont maléfiques et bizarres? ai-je demandé à Mary K.

— Je dois admettre quelque chose, a-t-elle répondu. Ils savent comment donner une fête. Je n'arrive toujours pas à croire que j'ai rencontré les membres de The Fianna !

Elle a serré son CD contre sa poitrine.

Alors que je démarrais Das Boot, elle a poursuivi son babillage.

— C'est juste que... bien, la Wicca, ce n'est pas pour moi. Et le fait que l'Église soit contre n'aide pas, a-t-elle ajouté d'une voix plus basse.

Mary K. n'était pas aussi religieuse que maman ou notre tante Margaret, mais elle croyait dans les fondements du catholicisme.

— Je dois admettre que je n'ai jamais été complètement à l'aise à la fête.

J'ai hoché la tête. Je savais déjà que ma sœur avait cette impression. Mais de l'entendre le confirmer si clairement était douloureux. C'était ma réalité, ai-je pensé. L'essence de mon identité, le cœur de ce que j'étais, était la même chose qui provoquait une brèche infranchissable entre ma famille et moi.

Nous avons parcouru le reste du chemin en silence.

11

Hantée

Juillet 1991

Nous sommes actuellement à Milan, après nous être échappés de justesse. Je pense que ce sont mes présages qui ont alerté les forces maléfiques de notre présence à Bordeaux.

D'abord, j'ai cherché nos enfants et je les ai trouvés, là où je priais qu'ils soient, en sécurité avec Beck. Puis, j'ai demandé à mon quartz de m'aider à voir notre assemblée et je l'ai vue. Oh, Déesse.

J'ai vu la dévastation totale de notre village, les maisons brûlées et ravagées, les voitures carbonisées, les troncs noircis dont les branches semblaient griffer le ciel en agonie... Rien ne semblait avoir été épargné. Rien, sauf notre maison. Elle se tenait droite, ses briques patinées obscurcies par un voile de cendres, mais autrement intacte.

Puis, j'ai entendu Fiona crier de notre chambre. J'ai couru à sa rencontre pour la trouver assise sur le lit, les yeux fous.

— *La vague arrive, a-t-elle crié. Elle nous a trouvés. Il faut partir!*

Elle m'appelle. J'en écrirai davantage plus tard.

— *Maghach*

Papa était dans la cuisine quand je suis descendue le lendemain matin, et il portait son éternel pantalon kaki, sa chemise et son gilet en tricot. Il épluchait des pommes de terre pour le dîner, qu'il laissait tomber dans un bol d'eau glacée. Papa était champion de la préparation.

— Ton chat aimerait que tu le nourrisses, m'a dit papa en guise de salutations.

En effet, Dagda était assis sur le plancher, près de son bol, les yeux levés vers moi avec une expression pleine d'espoir. Il s'est enroulé autour de mes chevilles en arquant le dos sous ma main. Je me suis penchée pour ramasser le bol.

— Comment était la fête? a demandé papa pendant que je servais des cuillérées de nourriture dans le bol de Dagda.

— Bien, ai-je répondu.

Troublante, ai-je ajouté silencieusement. Je me suis dirigée vers le frigo pour
survoler ce qu'il offrait.

— Morgan, ne te tiens pas devant le
frigo ouvert, m'a-t-il réprimandée.

— Désolée, ai-je dit.

J'ai pris une boîte de gaufres avant de
fermer la porte. En traversant la cuisine
vers le grille-pain, j'ai remarqué le journal
local posé sur une des chaises. Il était
ouvert à la section des affaires — section
que mon père lisait religieusement.

— Papa, ai-je dit, tu as déjà entendu
parler d'un type nommé Stuart Afton?

— Tu veux dire, le magnat du ciment
et du gravier? a demandé papa.

— C'est un magnat?

Papa a marqué une pause.

— Peut-être pas exactement. Mais c'est
un gros joueur dans l'industrie locale des
matériaux de construction. C'est un type
plutôt brutal et impitoyable.

— Hum…

Force était d'admettre qu'Afton ne semblait pas du type à effacer une dette. Non,

me suis-je dit alors que je fouillais les armoires à la recherche de sirop, les gens peuvent toujours nous étonner. Peut-être qu'Afton était un dur à cuire en apparence tout en étant un cœur tendre. J'ai repoussé la pensée qui suivait naturellement, à savoir que David aussi pourrait me surprendre, et que Hunter pourrait avoir raison.

Arrête d'y penser, me suis-je ordonnée.

— Où sont maman et Mary K.? ai-je demandé à papa.

— Elles se sont rendues à l'église tôt pour donner un coup de main avec la collecte de vêtements pour Noël.

Il a essuyé ses mains à l'aide d'un linge à vaisselle.

— Nous irons les rencontrer pour la messe.

J'ai porté mes gaufres à la table et me suis mise à tripoter ma fourchette.

— Euh, j'ai beaucoup d'étude à faire, ai-je finalement lancé. Ça va si je ne vais pas à l'église?

Derrière ses lunettes à monture en écailles de tortue, le regard de papa était troublé.

— Je suppose que oui, a-t-il dit après un certain moment.

— Merci.

J'ai avalé une grosse bouchée de gaufre pour éviter de dire quoi que ce soit d'autre. Depuis ma découverte de la Wicca, ma relation avec le catholicisme changeait, comme à peu près toutes les autres sphères de ma vie. Même si le service me semblait toujours aussi beau, il n'avait plus l'effet qu'il avait déjà eu sur moi. Par contre, j'étais heureuse que mes parents soient arrivés à un stade où ils acceptaient mon ambivalence malgré l'inquiétude qu'elle leur causait.

J'ai passé la majeure partie de ma journée cachée dans ma chambre à étudier les livres que Hunter m'avait prêtés. J'ai recopié des sortilèges et des leçons dans mon Livre des ombres, et je me suis même fabriqué une série de cartes mémoire de runes, aussi ridicule que ça puisse paraître. Je n'allais pas laisser à Hunter l'occasion de me réprimander d'avoir négligé mes études.

Comme s'il avait entendu mes pensées, Hunter a téléphoné pour me suggérer de me rendre chez lui le mardi après-midi pour apprendre d'autres leçons. Comme je ne pouvais produire une excuse légitime, j'ai accepté.

Cette nuit-là, le sommeil a de nouveau tardé. J'étais troublée par Hunter suggérant que la magye noire ait eu quoi que ce soit à voir avec Stuart Afton changeant d'avis au sujet de Magye pratique. Je n'arrivais pas à croire que David soit impliqué dans une telle chose. Et comment en être certaine? Je ne pouvais pas exactement aller le voir pour le lui demander.

Je pourrais effectuer un présage, ai-je réalisé. Peut-être que j'obtiendrais ainsi la preuve qu'il fallait pour que Hunter renonce à cette idée folle. Je détestais qu'il m'amène à soupçonner mes amis.

J'ai jeté un coup d'œil dans le couloir. La lumière était éteinte dans la chambre de mes parents, et aussi dans celle de Mary K. Silencieusement, j'ai pris la bougie de mon autel dissimulé dans la penderie pour la déposer sur mon bureau et l'allumer.

J'ai fixé mon regard sur la flamme qui brûlait d'un feu jaune serti d'orange et de bleu. Elle paraissait si insignifiante. Il suffisait d'un souffle pour l'éliminer. Lors de mes présages précédents, j'avais utilisé un brasier, mais, en théorie, il n'y avait aucune raison pour que la flamme d'une bougie ne donne pas de résultats. Le feu était le feu, n'est-ce pas ? Et pour le moment, tout feu plus imposant que celui de cette bougie me donnait des frissons.

J'ai fermé les yeux et j'ai libéré mon esprit. Inspire, expire. J'ai pris conscience de la diminution de mon pouls, du relâchement de mes muscles, de chaque fibre minuscule se lissant en rubans brillants.

Feu, aide-moi à voir la vérité. Je suis prête à voir ce que tu sais, ai-je pensé, et j'ai ouvert les yeux.

La petite flamme s'était embrasée pour prendre la forme d'une larme en fusion chauffée à blanc. En son centre brillant, un visage m'a rendu mon regard : un nez et une bouche familiers, une peau lisse, des cheveux foncés et épais, et des yeux dorés. Ce n'est pas David, ai-je stupidement songé.

J'ai gardé mes yeux rivés sur l'image de Cal qui flottait devant moi. Ses lèvres ont remué, et j'ai entendu sa voix.

— Morgan, je suis désolé. Je t'aime. Je t'aimerai toujours. Nous sommes des âmes sœurs.

— Non, ai-je soufflé en sentant mon cœur exploser.

Ce n'était pas vrai. Notre destin n'était pas d'être ensemble. Je le savais à présent.

— Morgan, pardonne-moi. Je t'aime. Je t'en prie, Morgan...

Le dernier mot était un murmure, et, à l'aveuglette, j'ai avancé la main pour encercler la flamme de la bougie. J'ai entendu un sifflement puis j'ai senti une faible odeur de brûlé. Et je me suis retrouvée seule dans l'obscurité.

12

Laideur

Juillet 1991

Je pensais que Fiona délirait en raison de la fièvre, mais sa terreur était si intense que j'ai fini par l'emmitoufler et la porter dans la voiture de Leandre. J'ai choisi une direction au hasard : l'est. Je conduisais depuis moins d'une heure lorsque Fiona a crié :

— Leandre !

Elle m'a agrippé le bras.

— Je peux le sentir. Il se meurt.

Je me suis garé au premier petit bistro du village sur mon chemin et je me suis rué pour téléphoner Leandre, mais je n'ai pas pu avoir la ligne. C'est seulement plus tard cette nuit-là que nous avons appris que sa ferme avait été dévorée par un incendie étrange. Sa famille et lui étaient restés prisonniers des flammes, dans la maison.

— C'était la vague sombre, a murmuré Fiona en frissonnant. Elle nous pourchasse.

Sans en discuter, nous avons regagné le véhicule pour poursuivre notre route vers l'est, fuyant d'un bout à l'autre de la France. Alors que je conduisais dans la claire nuit d'été, je me remémorais continuellement des paroles que Selene avait prononcées la première fois que je l'avais quittée. Elle revenait d'une réunion avec ses amis Woodbane — ceux que je craignais — et, comme d'habitude, elle était frénétique, comme si elle était si pleine d'énergie qu'elle devait bouger continuellement sans quoi elle prendrait feu. Je lui ai demandé ce qu'elle avait fait.

— J'ai regardé la vague, a-t-elle dit avant d'émettre un rire étrange et pointu.

Bien entendu, je croyais qu'elle parlait de vagues, comme nous habitions sur la côte du Pacifique. Mais à présent, à bord de la voiture, je me demandais si elle avait fait référence à une tout autre chose.

Selene avait-elle quelque chose à voir avec la vague sombre ? Satisfaisait-elle enfin sa vengeance ?

— Maghach

J'ignore combien de temps je suis restée assise là, tremblante et trop bouleversée pour pleurer. Déesse, viens à mon aide, ai-je pensé avec désespoir.

Cal, oh, Cal. Des larmes ont commencé à rouler sur mes joues, brûlantes et salées.

J'ai enroulé mes bras autour de moi et je me suis bercée de l'avant à l'arrière, en me lamentant doucement, tentant d'étouffer le son. Ma paume qui avait éteint la flamme élançait, et, alors que j'étais assise là, la douleur a semblé gagner tout mon corps telle une unique blessure palpitante et à vif.

Après un certain temps, Dagda a poussé un miaulement et m'a tapoté timidement d'une patte. Je l'ai regardé d'un air hébété.

Éventuellement, mon cerveau s'est remis en marche. Comment était-ce arrivé ? Comment Cal s'était-il glissé dans ma vision ? Était-ce sa magye noire ? Ou l'avais-je convoqué d'une manière ou d'une autre ? Mon propre subconscient m'avait-il trahie ?

Il avait dit qu'il m'aimait toujours. Il avait dit qu'il m'aimerait toujours. Était-ce la vérité que j'avais entendue dans sa voix ?

Haletante, j'ai serré ma tête de mes mains.

— Arrête. Arrête ! ai-je marmonné.

Je suis restée assise ainsi durant quelques minutes. Puis, je me suis forcée à me hisser dans mon lit. Dagda a bondi pour s'enrouler en boule sur mon ventre. Je suis restée couchée là, fixant aveuglément le plafond alors que des larmes coulaient le long de mon visage pour mouiller mon oreiller.

Le lendemain, je suis passée à travers ma journée d'école comme une automate. La brûlure sur ma paume avait enflé pour former une cloque brillante qui a éclaté au milieu de la journée. Écrire faisait mal, alors je me suis contentée de m'asseoir en classe sans prendre la peine de prendre des notes. Non pas que mes notes auraient été utiles de tout façon. De ce que je pouvais comprendre, mes enseignants pouvaient tout aussi bien parler swahili. Tout ce à quoi je pouvais penser était Cal. Il m'avait parlé.

Qu'est-ce que ça signifiait ? Espérait-il toujours me convaincre de les joindre, lui et Selene ? Ou était-ce un plan cruel visant à me rendre folle ? Si c'était le cas, ça fonctionnait. Je n'avais jamais vécu pareil amalgame de désir et de dégoût. J'avais l'impression que j'allais me fendre en deux.

Quand je suis revenue à la maison, j'avais un message de Bob Unser m'annonçant qu'il avait reçu les pièces pour Das Boot et me demandant de lui laisser la voiture le lendemain matin. Je pourrais revenir la chercher le mercredi matin. Parfait, ai-je pensé. Impossible pour moi de me rendre chez Hunter mardi puisque je n'aurais pas de moyen de transport. Je savais que c'était incroyablement stupide de ma part de ne pas lui mentionner ma vision de Cal, mais je ne pouvais tout simplement pas le faire. Je ne pouvais partager cette expérience, surtout pas avec lui. Pas encore, du moins.

J'ai envoyé un message électronique à Hunter, lui disant que je devais annuler pour cause de déficience automobile. Je lui ai également écrit que David m'avait expliqué comment il s'était blessé la main.

Puis, je me suis assise à la table à dîner, tapotant mes doigts sur la surface en Formica. Je devais trouver un moyen de me distraire. Je savais que tante Eileen et Paula emménageaient cette semaine. Des travaux manuels pourraient être le remède. Je me suis donc mise en route vers Taunton.

Le village de Taunton était plus petit que celui de Widow's Vale ou de Red Kill. Les centres-villes de Widow's Vale et de Red Kill avait été « revitalisés » alors que Taunton était plus typiquement américain. On y trouvait les centre commerciaux linéaires usuels, les mégaboutiques, et les chaînes de vidéos et de pharmacies.

Le voisinage d'Eileen et de Paula était plus ancien. Bien que chaque maison fût différente, elles s'agençaient harmonieuse-ment. D'immenses arbres matures proje-taient de l'ombre sur les pelouses et formaient des arches au-dessus de la rue. Du voisi-nage émanait une impression agréable de confort.

La maison d'Eileen et de Paula se trou-vait tout au bout de la rue. Comme je vou-lais leur faire la surprise, je me suis garée à l'autre bout du pâté de maisons, et je me suis mise à marcher.

Alors que je m'approchais de la fin du pâté, j'ai aperçu trois adolescents qui se tenaient devant une des maisons. Deux d'entre eux étaient revêtus de parkas munis de bandes réfléchissantes sur les coutures. Le troisième portait un manteau de style camouflage et un pantalon du même genre. Au premier abord, j'ai cru qu'ils livraient une bataille de balles de neige à d'autres jeunes que je ne pouvais pas voir. Puis, j'ai réalisé qu'ils jetaient des *pierres* à la maison de Paula et d'Eileen. La bouche béante, je me suis figée sur place.

— Lesbiennes! a lancé l'un d'entre eux.

— Nous ne voulons pas de gouines dans notre quartier! a crié un autre.

En un court instant, j'ai tout compris et je suis partie à la course en direction de la maison, la colère filant dans mes veines comme de l'alcool.

— Sortez, les salopes! a crié un des gars. Venez rencontrer vos nouveaux voisins. Nous sommes votre comité d'accueil!

J'ai entendu le bruit du verre qui se fracassait, m'indiquant qu'au moins une pierre avait atteint sa cible. Le garçon le plus près de moi a levé les yeux, son regard alarmé se transformant rapidement en agressivité pure.

— Qu'est-ce que vous foutez? ai-je demandé dans un souffle saccadé. Foutez le camp et ne revenez plus jamais!

Le garçon devait avoir mon âge, ai-je réalisé. Ses cheveux étaient rasés, son nez était quasi plat et ses yeux étaient bleu pâle.

— Qui es-tu?

Au ton de sa voix, il paraissait amusé.

— Une de leurs amies gougnottes? Tu ne sais pas ce que tu manques, bébé.

— Fichez. Le. Camp, ai-je dit d'une voix qui vibrait au rythme d'une fureur à peine contrôlée.

La rage me consumait comme un feu.

Le gars à la tête rasée s'est approché de moi, et ses amis l'ont suivi de très près.

— Ou alors, quoi? a-t-il dit d'un ton mauvais. Tu vas me frapper avec ton sac à main?

Il s'est retourné vers ses amis, et ils ont tous les trois éclaté de rire. Mes mains tremblaient, serrées en poings, et je me sentais pratiquement malade.

— Partez, ai-je dit d'un ton étrangement calme.

On aurait dit que ma voix n'était plus la mienne.

— Ne me poussez pas à vous faire du mal.

Il a éclaté de rire.

— Poupée, c'est d'un homme dont tu as besoin. Même chose pour ces autres gouines.

Il a ouvert tout grand les bras.

— Laisse-moi te montrer comment ça devrait être.

Un de ses amis a ri.

— Tu ne sais pas ce que tu fais, ai-je dit, presque dans un murmure.

En m'adressant un rictus, Nez plat a avancé la main vers mon bras, mais avant qu'il puisse me toucher, j'ai levé le bras et une boule de feu de sorcière bleu a crépité vers sa gorge. Je n'y ai même pas pensé ; j'ai seulement relâché ma fureur. Mon feu l'a frappé si rapidement qu'il n'a pas eu le temps de réagir. Il a porté ses mains à sa gorge avant de tomber à genoux. Il s'est courbé et s'est mis à gémir de douleur.

Je me suis sentie comme enchâssée dans la glace, complètement calme et prête à les anéantir. J'ai commencé à invoquer mon pouvoir.

— *An di allaigh, re nith la*, ai-je murmuré.

Le regard de ses deux amis est passé de Nez plat à moi alors qu'ils tentaient de comprendre ce qui était arrivé. Nez plat avait des haut-le-cœur et il s'est mis à vomir sur le trottoir froid. Il m'a jeté un regard noir et il a tenté de se lever. J'ai poussé l'air, et il s'est affaissé, décomposé, sur le béton. J'ai fait appel à mes pouvoirs pour l'écraser comme un moustique sans même le toucher. L'adrénaline coulait dans mes veines, et je me suis sentie incroyablement puissante.

— Merde, a dit le deuxième gars.

Lui et l'autre gars se sont échangé des regards effrayés. Puis, ils se sont tournés et ont martelé le sol de leurs pas de course en jetant des regards par-dessus leurs épaules.

Je me suis penchée sur le ver qui se tordait sur le trottoir. Il méritait ce qui lui arrivait, ai-je jubilé, satisfaite. Je me sentais débordante de pouvoir, et j'aimais ça.

J'ai pris une grande inspiration et j'ai reculé d'un pas, sentant l'odeur âcre de sa peur.

— Pars, ai-je murmuré avant de le relâcher dans mon esprit.

Maladroitement, il s'est levé tant bien que mal avant de s'éloigner en reculant. Puis, il s'est tourné et s'est mis à courir à toute vitesse. C'était terminé, et j'avais gagné.

Je me sentais étourdie et je ressentais une légère nausée, la même façon dont je me sentais parfois après un cercle quand le pouvoir se bousculait en moi. J'ai pris quelques instants pour reprendre pied, puis j'ai levé les yeux vers la maison.

La fenêtre en baie avait été fracassée, de même qu'une autre au premier étage. Où étaient Eileen et Paula ? me suis-je demandé. Étaient-elles blessées ? Ou avaient-elles vu ce que j'avais fait ?

En me demandant comment je pourrais leur expliquer ce qui était arrivé, je me suis dirigée vers la porte et j'ai actionné la sonnette. Des rosiers dénudés pour l'hiver étaient couverts d'éclats de verre brillant.

Personne n'a répondu. J'ai projeté mes sens et j'ai ressenti l'énergie familière d'Eileen et de Paula à l'intérieur. Elles allaient bien. Elles avaient seulement peur d'ouvrir la porte, et j'ai ressenti une deuxième vague de fureur. Prisonnières dans leur propre maison. C'était dégoûtant !

— Tante Eileen, c'est moi, Morgan ! ai-je appelé par la fenêtre cassée.

— Morgan ?

Une minute plus tard, la porte s'est ouverte, et ma tante m'a enlacée.

— Est-ce que ça va ? Il y avait des idiots à l'extérieur…

Elle ne m'avait pas vue. Soulagement.

— Je les ai vus, lui ai-je dit.

Paula m'a aussi donné un câlin.

— Bienvenue dans notre voisinage, a-t-elle dit d'une voix tremblante.

Nous sommes entrées dans la maison, et Eileen a fermé la porte en prenant soin de verrouiller le pêne dormant. Elle a croisé les bras sur sa poitrine et s'est mise à frotter ses épaules comme si elle cherchait à se réconforter.

— Je suis soulagée qu'ils soient partis avant ton arrivée, a-t-elle dit, mais je suis désolée qu'ils ne soient pas restés assez longtemps pour permettre aux policiers d'arriver. Je viens de les appeler.

— Il serait probablement préférable de ne pas nettoyer le verre brisé avant leur arrivée.

Paula a glissé une main dans ses cheveux blonds comme le sable.

— Je suppose que nous nous trouvons officiellement dans une scène de crime maintenant.

J'étais désolée pour eux — et tellement furieuse contre ces idiots à l'étroitesse d'esprit.

— Ce n'est que du verre, a dit Eileen en passant un bras autour de Paula. Nous pouvons faire installer de nouvelles fenêtres.

Elle m'a jeté un regard.

— Je suis désolée, Morgan. Ce n'est vraiment pas une façon agréable de t'accueillir. Viens, enlève ton manteau, et nous ferons une visite guidée du verre brisé et des boîtes.

Nous avons parcouru les pièces vides, et Paula et tante Eileen m'ont expliqué leurs plans de rénovation et de décoration. Elles faisaient de leur mieux pour paraître enthousiastes, mais je pouvais ressentir leur tension. Les voyous les avaient secouées.

Lorsque la sonnette a retenti, nous avons toutes trois bondi. Mes sens m'ont indiqué qu'il n'y avait rien à craindre, cependant, et quand tante Eileen a ouvert la porte, deux policiers se tenaient sur le seuil. L'agent Jordan était un homme de grande taille et à la peau noire. Sa partenaire était petite, avait les cheveux blonds bouclés, et son insigne indiquait Agente Klein. Je me suis tenue à proximité pendant que tante Eileen et Paula leur faisaient le récit des événements et leur montraient les dommages.

— Les avez-vous bien vus ? a demandé l'agent Jordan.

— Nous savons qu'ils étaient trois, lui a dit tante Eileen. Mais nous sommes restées à l'intérieur.

— Je les ai vus en arrivant, ai-je dit. Ils avaient environ mon âge — en quatrième ou cinquième secondaire. L'un d'entre eux portait des vêtements de camouflage. Un autre était chauve et avait le nez plat, comme s'il avait été cassé, et les yeux bleus.

Paula m'a jeté un regard surpris.

— Comment as-tu pu les voir aussi bien?

— Ils, euh, sont passés près de moi quand ils ont pris la fuite, ai-je expliqué. Un autre gars était petit, peut-être un mètre soixante-cinq, et il avait les cheveux bruns coupés en brosse. Le troisième avait les cheveux blonds, lissés vers l'arrière, et les lèvres charnues.

L'agent Jordan a pris en note tous ces renseignements avant de poser les yeux sur ma tante.

— On dirait bien que vous venez d'emménager. Vous savez pourquoi ces jeunes s'en sont pris à vous?

— Parce que nous sommes homo-sexuelles, a dit tante Eileen d'un ton neutre. Ils nous ont traitées de gouines.

J'ai vu l'agente serrer les lèvres.

— Certaines personnes sont igno-rantes, a-t-elle marmonné.

— J'espère que vous leur mettrez la main dessus, a dit Paula, avant qu'ils ne blessent quelqu'un.

Les policiers sont partis, et j'ai aidé tante Eileen et Paula à nettoyer les éclats de verre et à placarder les fenêtres brisées à l'aide de cartons et de ruban adhésif.

— Mon Dieu que c'est laid, a lâché Paula en regardant notre œuvre.

— C'est temporaire, l'a assurée tante Eileen. Je vais contacter un verrier demain.

J'ai jeté un coup d'œil à ma montre.

— Oh, wow. Je dois rentrer. Il est plus de dix-huit heures.

Tante Eileen et Paula m'ont toutes deux donné un câlin et m'ont dit de revenir les voir quand je voulais.

Après avoir franchi l'escalier avant, je me suis retournée pour les saluer de la main et je les ai vues se serrer l'une contre l'autre. Le visage de Paula était enfoui contre l'épaule de tante Eileen. Même d'où je me tenais, je pouvais sentir leur tension. Et je savais ce qui les préoccupait. La même pensée me tourmentait.

Ce n'était pas terminé. Ces jeunes se remettraient de la frousse que je leur avais causée. Et ils reviendraient.

13

Protection

Litha, 1993

Nous sommes à Prague, mais Fiona croit que nous devrons partir bientôt. Un legs douteux de la vague sombre — depuis qu'elle l'a aperçue dans son lueg, elle peut la sentir arriver.

Deux années se sont écoulées depuis le jour où nous avons quitté notre vie. Deux années passées à courir, à nous cacher, à enfouir notre magye de peur qu'elle nous trahisse. Deux années à nous languir d'avoir des nouvelles de nos enfants, mais sans oser risquer d'établir le contact. Deux années durant lesquelles Fiona a lentement dépéri, assaillie d'un malaise après l'autre. Nous en sommes venus à la conclusion qu'il s'agit d'un effet de la vague sombre; que la vague l'a mutilée d'une façon ou d'une autre lorsqu'elle l'a aperçue dans le lueg. Jusqu'à présent, nous n'avons trouvé aucun remède.

— Maghach

Ce soir-là, j'ai repoussé mes devoirs et j'ai parcouru chacun de mes livres de magye à la recherche d'un sortilège qui me permettrait de protéger tante Eileen et Paula. Je pourrais dessiner des runes de protection autour de la maison, me suis-je dit. Ce serait un début, du moins.

C'était dommage que je ne puisse pas les convaincre de porter des talismans qui assureraient leur sécurité personnelle. Je n'arrivais pas à les imaginer portant un attirail wiccan, malgré leur grande ouverture d'esprit.

— Beurk, ai-je dit en lisant les instructions pour fabriquer une protection ancienne du nom de Bouteille de la sorcière.

La Bouteille de la sorcière pouvait non seulement protéger du mal, mais aussi retourner ce mal vers sa source. Il fallait remplir une petite bouteille en verre transparent, jusqu'à la moitié environ, d'objets coupants : des vieux clous, des punaises, des lames de rasoir, des aiguilles et d'autres objets du même acabit. Puis, il fallait remplir l'autre moitié d'urine et, idéalement, de sang. Puis, il fallait fermer la bouteille hermétiquement et l'enterrer à une profondeur de trente centimètres. La force de protection de la bouteille était censée durer jusqu'à ce que quelqu'un la déterre et la fracasse.

J'ai déposé le livre, complètement écœurée. Avais-je l'estomac assez solide pour être sorcière ? C'était dégoûtant. Mais si ça pouvait réellement protéger Eileen et Paula… J'ai relu la recette. Non, cela ne fonctionnerait pas. La Bouteille de la sorcière servait à se prémunir contre la *magye* négative. Les gars qui avaient attaqué la maison de tante Eileen et de Paula étaient négatifs, pas de doute, mais ils n'usaient pas de magye.

Finalement, je me suis contentée d'une breloque de protection que je pourrais placer dans leur maison sans qu'elles ne le remarquent. Comme elle nécessitait des ingrédients que je n'avais pas, j'ai décidé de me rendre chez Magye pratique dès que je récupérerais ma voiture.

Le mardi matin, Robbie nous a suivies, Mary K. et moi, en route vers le garage

Unser, pour ensuite nous conduire à l'école. Je planifiais me rendre au bureau de maman après l'école pour passer un peu de temps à saisir des inscriptions dans l'ordinateur et ensuite rentrer à la maison avec elle. Mary K. irait chez Jaycee, et la maman de Jaycee la reconduirait à la maison pour le dîner.

Après l'école, j'ai entamé la longue marche vers le bureau de maman, frissonnant et espérant que quelqu'un que je connais passe près de moi et m'offre de m'emmener.

Il faut toujours faire attention à ce que l'on souhaite. Une Ford couleur vert pâle qui me semblait familière a pris la courbe, et la vitre du passager s'est baissée. Sky Eventide s'est penchée vers le siège du passager, ses cheveux blond blanc étaient lumineux.

— Monte, a-t-elle dit.

— Étais-tu à ma recherche, ai-je demandé, perplexe, ou s'agit-il d'une simple coïncidence?

Sky a levé un sourcil.

— Tu n'as pas encore compris qu'il n'existe aucune coïncidence?

Je me tenais sur le trottoir à la dévisager stupidement. Plaisantait-elle? Je n'en étais pas certaine. Tout comme Hunter, elle était difficile à déchiffrer.

En constatant ma confusion, elle a dit:

— Hunter m'a demandé de venir te prendre. Je suis même partie du travail plus tôt. Tu es supposée venir chez nous pour suivre des leçons.

J'avais entendu dire que Sky travaillait chez un marchand de disques usagés. Elle était si éthérée qu'il était difficile de l'imaginer accomplir une tâche aussi banale que de travailler derrière une caisse.

— Mais j'ai déjà dit à Hunter que je ne pouvais pas y aller, ai-je protesté. Et ma mère m'attend.

Dans un mouvement d'impatience, Sky a tapé son doigt ganté contre le volant.

— Tu pourras l'appeler de chez nous. C'est important, Morgan.

Elle avait raison, ai-je réalisé, mais pas pour les raisons qu'elle imaginait. Je ne pouvais continuer à remettre ma discussion avec Hunter. En mordant ma lèvre, j'ai ouvert la portière du côté passager et j'ai grimpé à bord.

Des papillons voltigeaient dans mon ventre. Je ne me sentais pas encore prête à parler de ma vision de Cal, mais je savais que je devais y faire face tôt ou tard. Le plus tôt serait probablement le plus sécuritaire.

Sky a gagné la circulation et s'est mise à accélérer. Elle conduisait vite et elle avait tendance à enfoncer les freins un peu trop brusquement aux feux rouges.

— Désolée, a-t-elle dit alors que je me butais de façon saccadée contre ma ceinture de sécurité. Je ne suis pas habituée à la conduite à commande assistée.

Je lui ai jeté un coup d'œil furtif alors qu'elle tournait à droite. Son profil était pur, presque enfantin, avec son nez parfait, ses sourcils arqués, la courbe lisse de ses joues couvertes d'un duvet doré, fin et à peine visible. Hunter et elle se ressemblaient beaucoup, mais alors que Sky paraissait d'une fragilité à laquelle il ne fallait pas se fier, le visage anguleux et masculin de Hunter projetait la force.

— Pourquoi Hunter fait-il tout ça? me suis-je surprise à demander. Pourquoi est-il si préoccupé par l'idée de faire de moi une bonne sorcière?

Sky a souri légèrement.

— La Wicca ne s'apprend pas par correspondance ou par soi-même. Il faut l'expérimenter. Tu dois avoir pour guide une personne qui est passée par la même chose. Sinon, il y aura des effets néfastes. Surtout avec le genre de pouvoir dont tu as hérité.

— Ce n'est pas ce que j'ai demandé, ai-je dit. Pourquoi Hunter? N'a-t-il pas des préoccupations plus importantes que moi?

— Il est un investigateur, a répondu Sky. C'est son devoir de s'assurer que les sorcières ne font pas un mauvais usage de leur magye. Et...

Elle s'est arrêtée au milieu d'une phrase. Puis, après une certaine hésitation, elle a ajouté:

— Et tu es une Woodbane.

Je me suis hérissée.

— Alors, il attend que je devienne maléfique?

— C'est possible, a dit Sky sans passer par quatre chemins. Il ne peut pas ignorer cette possibilité.

J'ai croisé les bras sur ma poitrine et je me suis calée dans mon siège. Ainsi, Hunter était mon chien de garde, il était là pour s'assurer que je reste sur la bonne voie. J'étais sa mission, comme j'avais été celle de Cal.

Je me suis souvenue à quel point j'avais tant détesté Sky et Hunter lorsque je les avais rencontrés pour la première fois. En ce qui concernait Sky, c'était surtout de la jalousie — sa beauté et son assurance m'intimidaient. Mais je réalisais à présent que c'était aussi parce que je pouvais sentir leurs soupçons. Je pouvais sentir que Sky ne me faisait toujours pas confiance, malgré le présage que nous avions fait ensemble. Elle continuait de me scruter minutieusement. Apparemment, il en allait de même pour Hunter. À cette pensée, j'ai senti une douleur aiguë me traverser.

Hunter a levé les yeux vers nous lorsque je suis entrée aux côtés de Sky.

— Merci, lui a-t-il dit.

— Ta, a dit Sky.

Elle a jeté son blouson de cuir sur le sofa avant de pointer le téléphone.

— Libre à toi de l'utiliser, a-t-elle dit avant de disparaître à l'étage.

— Pendant combien de temps peux-tu rester ? m'a demandé Hunter. Nous devons discuter de plusieurs choses.

— Je ne reste pas, ai-je dit. Je suis désolée que Sky se soit donné tout ce mal, mais j'ai du travail à faire.

Je me suis dirigée vers le téléphone.

— Si tu ne peux pas me reconduire, je vais appeler un taxi.

Hunter s'est frotté le menton.

— Qu'est-ce qui ne va pas ? a-t-il demandé d'une voix douce.

— Je n'aime pas que tu envoies ta cousine me kidnapper pratiquement dans la rue, lui ai-je lancé. Je t'ai dit que je n'avais pas de moyen de transport et que je ne pouvais pas venir.

— Je suis désolé.

À mon grand étonnement, il paraissait réellement confus.

— Je… eh bien, je pensais que je te rendais service.

— Ce n'est pas vrai, ai-je rétorqué. Tu voulais seulement que je me conforme à tes plans. Qu'est-ce qui te donne le droit de surgir de nulle part et de prendre le contrôle ? Tu crois que parce que l'Assemblée internationale des sorcières t'a indiqué de garder un œil sur moi, tu peux diriger ma vie ?

— Ils… a commencé Hunter, mais je lui ai coupé la parole.

— Tu sais quoi ? J'en ai vraiment marre d'être la mission de quelqu'un.

Mes yeux se sont remplis de larmes. J'ai furieusement cligné des yeux pour empêcher les larmes de couler.

— Personne ne semble se soucier de savoir qui je suis réellement ou de ce que je veux ! Et *moi* dans tout cela ?

— Morgan… a commencé Hunter, mais je l'ai à nouveau interrompu.

— Non ! ai-je crié. Ne parle pas ! C'est mon tour.

Mes doigts se sont serrés en poings, et je pouvais sentir la pression s'accumuler dans ma poitrine.

— Tu es si arrogant au sujet de ta mission, du Conseil et de tout ce fourbi, mais en réalité, tu cherches à faire la même chose que Cal et Selene — me contrôler. M'utiliser pour tes propres objectifs.

Ma voix s'est brisée, et je me suis sentie humiliée. J'ai tourné le dos à Hunter et je suis demeurée debout là, à mordre ma lèvre inférieure alors que je luttais pour ne pas m'effondrer.

Il n'a rien dit d'abord, et le silence s'est installé entre nous. Enfin, il a parlé, d'une voix étrangement prudente et basse.

— Tu n'es pas ma mission. Le Conseil ne m'a pas dit de garder un œil sur toi, en fait, a-t-il dit.

Je me suis débattue pour regagner une respiration normale afin de comprendre ce qu'il me disait. Je voulais tellement comprendre, et avoir tort.

J'ai entendu Hunter prendre une grande respiration, lui aussi.

— Je suis ici de mon propre chef, Morgan. J'ai contacté le Conseil à ton sujet, c'est vrai. J'ai dit aux membres que tu étais une sorcière au pouvoir exceptionnel et que je voulais voir si je pouvais te guider. Ils m'ont dit que je le pouvais pourvu que ça n'interfère pas avec ma tâche principale d'investigateur — soit de retracer Cal et Selene et d'autres sorcières comme eux.

Il a pris une pause, et je l'ai entendu s'approcher de moi. Puis, j'ai senti un toucher aussi léger qu'une plume sur mon épaule.

— Je ne veux pas te contrôler, Morgan, a-t-il dit. C'est la dernière chose que je souhaite.

Sa main a quitté mon épaule et ses doigts ont effleuré mes longs cheveux. Il se tenait à quelques centimètres derrière moi ; je pouvais sentir la chaleur de son corps. J'ai retenu mon souffle.

— Ce que j'essaie de faire, a-t-il poursuivi doucement, à ma manière maladroite, c'est de te donner les outils dont tu as

besoin pour comprendre les forces aux-
quelles tu feras inévitablement face.

Je me suis tournée vers lui et j'ai scruté
son regard en me demandant ce qu'il voulait, ce que je voulais. Ses yeux sont si verts,
me suis-je surprise à penser, si doux. Je
pouvais sentir son souffle sur ma joue, il
projetait une chaleur partout sauf sur les
traces de larmes.

— Je veux uniquement… a-t-il murmuré, et sa voix s'est estompée.

Nous nous sommes tenus là, les yeux
rivés l'un sur l'autre, et j'ai eu l'impression
encore une fois que l'Univers s'était arrêté
autour de nous et que nous étions les seules
vies chaudes à le peupler.

Puis, la voix de Sky s'est fait entendre
du haut de l'escalier.

— Hunter, tu t'es souvenu d'acheter du
fromage et des craquelins ?

Soudain, tout s'est remis en marche, et
j'ai reculé jusqu'à ce que l'arrière de mes
genoux percute le pouf, et je me suis assise.
Je tremblais et j'ai réalisé que je ne pouvais
pas regarder Hunter.

— Euh… oui, j'en ai acheté, a répondu Hunter d'une voix rauque et quelque peu haletante.

— Bien. Je vais me faire une omelette fromage-tomates. Je suis affamée.

J'ai entendu le claquement des bottes de Sky dans l'escalier.

— Tu en veux ?

— Super, a dit Hunter. Et toi, Morgan ?

— Euh… non, merci. Ma famille va m'attendre pour le dîner à dix-huit heures trente, ai-je dit d'une voix tremblante. En fait, je devrais appeler ma mère maintenant pour lui dire où je suis.

— Dis-lui que je te reconduirai à la maison avant dix-huit heures, a-t-il dit.

Puis, il a ajouté :

— Si ça te va, je veux dire. Si tu veux rester.

— Ça va, lui ai-je dit.

Car je ne me sentais pas prête à partir.

Au moment où j'ai raccroché, je me sentais plus normale. Hunter m'a amenée à l'arrière de la maison, où un poêle à bois réchauffait la longue pièce. Les fenêtres étaient embrouillées sous l'effet de la condensation, mais j'en ai frotté une avec mon pull pour regarder à l'extérieur. Un autre porche bancal bordait l'arrière de la maison, et au-delà, je pouvais apercevoir des arbres qui avaient poussé aux abords du ravin : des chênes, des érables, des bouleaux, des pruches et des pins. Les bois entourant Widow's Vale avaient une apparence douce et domestique, mais le terrain derrière la maison de Hunter et de Sky paraissait brut et sauvage, comme s'il avait été inondé d'une eau qui y avait taillé une nouvelle vie très tendue.

— C'est différent, ici, ai-je dit.

— Ça l'est. C'est un lieu de pouvoir.

Hunter a allumé la bougie et le bâton d'encens posés sur l'autel. Il a esquissé un geste dans la direction du plancher où nous avions tenu notre cercle. Un tapis oriental usé couvrait à présent le centre du plancher.

— Assieds-toi.

Je me suis installée sur le tapis.

Il ne s'est pas assis.

— Nous devons parler de quelque chose, a-t-il dit.

— De quoi? ai-je demandé, de nouveau sur mes gardes.

— J'ai enquêté sur l'histoire de David hier et aujourd'hui. C'est pour ça que je ne pouvais pas venir te prendre moi-même.

Hunter a fait les cent pas devant le poêle à bois avant de se tourner vers moi.

— D'abord, il a menti au sujet de sa main blessée. J'ai demandé à Alyce, et elle m'a indiqué qu'il était arrivé au travail avec le bandage deux jours *avant* la fête. Il ne s'est pas blessé en taillant des branches pour la fête.

J'ai eu un haut-le-cœur. David m'avait menti?

Attendez, ai-je pensé. Pas si vite. Il ne m'avait jamais dit qu'il s'était blessé en taillant des branches *pour la fête*. Il était possible qu'il ait taillé les branches pour autre chose. N'était-ce pas possible?

— Ensuite, Stuart Afton n'a pas fait de gains à la bourse la semaine dernière, a dit Hunter.

J'ai froncé les sourcils.

— Je ne te suis pas.

Hunter a esquissé un mouvement impatient de la main.

— David a dit qu'Afton a effacé sa dette parce qu'il avait fait fortune à la bourse la semaine dernière, m'a-t-il rappelé. Mais j'ai vérifié, et ce n'est jamais arrivé.

— Tu as vérifié? Comment?

— Si tu veux tout savoir, a dit Hunter d'un air particulièrement embarrassé, j'ai baratiné sa secrétaire. Aucun homme ne fait de cachette à sa secrétaire. Elle n'avait pas entendu parler d'un gain soudain.

— Et en quoi est-ce de tes affaires?

— Parce que je suis investigateur, a dit Hunter. C'est mon boulot d'enquêter sur les mauvais usages de la magye.

— Ceci n'a rien à voir avec la magye, ai-je dit en me levant. Il y a pu avoir une division d'actions, et la secrétaire d'Afton était en pause quand il a reçu l'appel. Peut-être a-t-il reçu la nouvelle par courrier électronique. Peut-être qu'il n'y a eu aucune division d'actions, mais qu'Afton a tout de même effacé la dette, par simple bonté de cœur. Ceci n'a rien à voir avec le Conseil, Hunter.

— Ouvre les yeux, a dit Hunter d'un ton impassible. Tout ça implique de la magye. De la magye noire. Tu le sais aussi bien que moi.

J'ai réalisé que je n'avais aucun choix. Je devais lui raconter ma vision de Cal.

J'ai pris une grande respiration.

— Je dois te dire quelque chose.

Je lui ai expliqué comment j'avais fait un présage pour découvrir la vérité deux nuits plus tôt et comment Cal était apparu à la place de David. Je ne lui ai pas parlé de l'émotion que m'avait causée le fait de voir le visage de Cal, et Hunter ne me l'a pas demandé. Mais deux plis blancs se sont creusés sur le côté de ses narines.

— Selon moi, c'est là la preuve la plus solide que Cal se cache derrière la magye noire que nous avons détectée, ai-je dit. Ce n'est pas David du tout.

Je pouvais voir Hunter soupeser cette nouvelle information.

— Tu dis que tu as demandé à voir la vérité ? a-t-il demandé après un certain temps. Est-ce là les mots que tu as utilisés ? As-tu mentionné le nom de David ?

— Non, ai-je répondu, perplexe. Pourquoi?

— Tu n'as pas été très précise. Et le feu peut être un outil de présage capricieux, a répondu Hunter.

— Essaies-tu de me dire que le feu m'a menti? ai-je demandé.

Je sentais la colère me gagner à nouveau.

— Non, a dit Hunter. Le feu ne ment pas, mais il révèle les vérités qu'*il* veut bien dévoiler, surtout lorsque les questions ne sont pas précises.

J'ai blotti la tête entre mes mains, me sentant soudain lasse.

— Je ne comprends pas, Hunter, ai-je dit. Je ne cesse de te donner des indices qui pointent clairement en direction de Cal et de Selene, les sorcières qui expliquent ta raison d'être ici — les sorcières que tu essaies toujours de retracer. Je ne veux pas que ce soit eux — je ne veux même pas penser à eux. Mais il est parfaitement logique que ce soit leur présence que j'ai sentie. Pourquoi essaies-tu de ramener tout ça à David et à Magye pratique?

Hunter est demeuré silencieux pendant un instant. Enfin, il a dit :

— C'est un sentiment que j'ai. J'ai un sixième sens quand il s'agit des ténèbres. C'est pour ça que je suis bon dans ce que je fais.

Ces paroles n'étaient pas motivées par la vantardise. Sa voix était douce. Pour la première fois, je me suis mise à me poser des questions. Était-il possible qu'il ait raison ?

— Ça suffit, a-t-il dit en poussant un soupir. Ça ne nous mène nulle part, et il est presque dix-huit heures. Je ferais mieux de te reconduire.

Nous nous sommes dirigés vers sa voiture sans parler. J'ai été étonnée de constater qu'il s'agissait de la même berline grise de location qu'il avait la semaine précédente. Selene l'avait cachée dans une grange abandonnée quand elle avait cru que Cal et moi avions tué Hunter.

— Je l'ai retracée, a fait remarquer Hunter en faisant étrangement écho à mes pensées.

Nous sommes grimpés à bord, et il m'a reconduite à la maison en silence. Nous étions tous deux perdus dans nos pensées. Il a tourné dans ma cour. Et, alors que je posais la main sur la poignée, il a posé une main sur la mienne.

— Morgan.

Une bouffée de sensations s'est propagée dans mon bras, et je me suis tournée vers lui.

— Je t'en prie : réfléchis à ce dont nous avons discuté, à propos de David. Je suis à peu près certain que Stuart Afton n'a pas essuyé cette dette par gentillesse.

— Je ne peux tout simplement pas croire que David userait de magye noire, ai-je dit.

Alors qu'il s'apprêtait à répliquer, je l'ai coupé.

— Je sais, je sais, tu as un sixième sens pour détecter le mal. Mais tu as tort cette fois-ci. Il ne peut en être autrement.

Je suis sortie de la voiture et j'ai parcouru rapidement l'allée menant chez moi en espérant que j'avais raison.

14

De vieilles blessures

Beltane, 1996

Nous sommes à Vienne, où j'ai trouvé un emploi de tuteur en anglais au collège. Le soir, Fiona et moi marchons le long du Danube ou au square de Stefansplatz. Elle a pris du poids, ce qui lui fait beaucoup de bien. L'autre soir, nous avons même fait un tour de grande roue au Volksprater. Mais le parc d'attractions nous a fait penser aux enfants. Beck et Shelagh les ont-ils déjà amenés à un tel endroit ?

Comanach a maintenant treize ans. Linden en a presque douze, et Alwyn, neuf. Je me demande à quoi ils ressemblent.

— Maghach

Lors du dîner, maman nous a indiqué que, jusqu'à maintenant, il n'y avait eu aucun autre incident à la maison de tante Eileen et de Paula.

— Elles espèrent que ces voyous ont vu les policiers et ont pris peur.

— Espérons, ai-je dit.

J'ai pris note que je devais me rendre chez Magye pratique dès que possible pour me procurer les ingrédients dont j'avais besoin.

Maman m'a servi une portion de goulasch et m'a tendu l'assiette.

— Seras-tu en mesure de terminer la saisie des inscriptions cette semaine? a-t-elle demandé.

— Je vais récupérer Das Boot demain après-midi, ai-je dit. Alors je peux faire un saut à ton bureau vers quinze heures trente, après avoir déposé Mary K. à la maison.

— J'ai oublié de vous dire que je ne rentre pas tout de suite à la maison demain, a indiqué Mary K. Je vais dans les boutiques avec Olivia et Darcy.

Les boutiques. Normalement, je n'étais pas friande du lèche-vitrines, mais j'ai soudain ressenti un pincement d'envie. À quand remontais mon dernier après-midi à sillonner les boutiques avec mes amis ou à passer du temps avec eux après l'école, sans aucun motif précis ?

Depuis que tu n'es plus amie avec Bree, ai-je répondu à ma question.

Après le dîner, je suis montée à l'étage et j'ai tenté de faire un devoir de maths, mais mon cerveau débordait de pensées au sujet de Hunter, de Cal et de David. J'ai poussé un soupir. Par son lien avec l'harmonie de la nature, la Wicca était fondée sur l'équilibre, ce qui manquait cruellement à ma vie. Je devais retrouver de l'équilibre, et le seul moyen d'y arriver était de profiter d'une saine dose de normalité non wiccane.

À ma propre surprise, j'ai ouvert la porte et j'ai marché à pas feutrés dans le couloir pour prendre le téléphone. Je l'ai apporté dans ma chambre et je me suis hissée, les jambes croisées, sur le lit.

Mon cœur battait à tout rompre pendant que je composais le numéro de téléphone de Bree. Beaucoup de temps s'était passé depuis la dernière fois où je l'avais appelée. Voudrait-elle me parler ?

Bree a répondu à la troisième sonnerie.

— Allô, c'est Morgan, ai-je dit rapidement avant que mes nerfs ne flanchent.

— Allô, a-t-elle dit d'une voix gênée. Quoi de neuf ?

— Euh…

Je n'avais pas vraiment réfléchi à ce que j'allais dire.

— Rien de spécial. Je voulais seulement… Tu sais, je voulais dire bonjour. Prendre de tes nouvelles.

— Oh. Eh bien, allô, a-t-elle dit.

Puis, il y a eu l'un de ces longs silences inconfortables, et je me suis demandé si j'avais été folle de l'appeler. Peut-être qu'elle ne voulait plus être mon amie. Peut-être que trop d'eau avait coulé sous le pont.

J'allais marmonner que je devais raccrocher quand elle a parlé.

— Morgan, a-t-elle dit d'une voix hésitante. Certaines des choses que je t'ai faites, je sais qu'elles t'ont vraiment blessée. Je ne peux pas les reprendre. Mais je suis vraiment désolée. J'ai été une vraie salope.

— Moi… moi aussi, ai-je admis.

Un autre silence. De toute évidence, ni elle ni moi ne souhaitions nous attarder sur les détails. C'était trop à vif pour en parler.

— Alors, a-t-elle dit. Quoi de neuf dans ta vie ? Robbie m'a dit que, eh bien, que tu étais adoptée. Et que tu étais une sorcière de sang.

— C'est vrai ?

Je tentais de décider ce que je pensais de Bree et de Robbie discutant de ma vie personnelle.

— Ouais. Je voulais t'en parler. Si tu veux, a-t-elle dit.

— Je voulais t'en parler aussi, ai-je admis. Mais face à face ; pas au téléphone.

— OK, a-t-elle dit. J'aimerais bien.

— Entre-temps, Hunter m'a lancée dans une étude intensive de la Wicca, lui ai-je dit. Tu sais qu'il a pris le contrôle de Cirrus depuis que…

Ma voix s'est éteinte. Depuis que Cal est parti, ai-je pensé. Dans le but de changer rapidement de sujet, je lui ai demandé :

— Comment ça va avec Kithic ? Comment c'est d'avoir Sky comme meneuse ?

— Tout un défi, a dit Bree d'un ton pensif. Nous faisons des exercices de visualisation. Durant notre dernier cercle, nous étions dehors, au clair de lune, et Sky nous a dit de visualiser un pentagramme. D'abord, tout le monde était distrait par le froid et le bruit des voitures qui passaient. Mais enfin, nous avons réussi. Nous avons fermé les yeux, l'avons visualisé, et il y a eu un moment de silence complet, puis Sky nous a dit d'ouvrir les yeux, et il y avait un pentagramme parfait, gravé dans la neige. C'était incroyable.

— Cool, ai-je dit avec envie.

Son assemblée semblait bien progresser. Je me suis calée dans mes oreillers.

La voix de Bree a pris un ton de complot.

— Sky et Raven flirtent, je pense. N'est-ce pas délirant?

— Très délirant.

C'était tellement simple de reprendre les commérages avec Bree.

— Je n'aurais jamais cru que Raven était gaie.

— Je ne pense qu'elle le soit réellement. Je pense qu'elle est simplement attirée par Sky. C'est l'attraction qu'exercent les opposés, a dit Bree en riant.

Il y a eu une autre pause, mais cette fois, il n'y avait pas d'inconfort. C'était simplement… naturel.

— Parlant d'attirance, me suis-je risquée. Et ta vie amoureuse ?

— Robbie.

J'ai détecté une note de prudence dans sa voix.

— Ouais, ai-je dit en espérant ne pas avoir brisé notre nouveau lien fragile.

Mais Bree s'est contentée de soupirer.

— Eh bien… c'est un peu étrange, a-t-elle dit lentement. Je ne sais pas… Nous sommes amis depuis toujours et, soudain, nous nous embrassons. Je suppose que je prends les choses comme elles viennent et j'attends de voir ce qui arrivera.

Elle a émis un petit rire.

— Je dois admettre, par contre, que ça clique physiquement. C'est très chaud.

— Wow.

Je me sentais à la fois voyeuse et fascinée. C'était étrange d'entendre deux personnes que je connaissais depuis l'enfance parler de l'un et de l'autre en ces nouveaux termes romantiques.

— Écoute, je dois y aller, a dit Bree. J'ai une dissertation d'histoire à remettre demain, et j'en suis toujours à la première page.

— Tu vas y arriver, ai-je dit. Tu y arrives toujours.

— Ouais, c'est vrai, n'est-ce pas ? a-t-elle répondu. À bientôt, OK ? Et… Morgan ?

— Oui ?

— Merci d'avoir appelé, a-t-elle doucement dit. Ce n'était sûrement pas facile.

— Pas de quoi, ai-je dit.

Nous avons raccroché, et j'ai replacé le téléphone sur la table du couloir. J'ai regagné ma chambre en souriant ; il y avait des jours que je ne m'étais pas sentie si heureuse.

15

Parcours

Imbolc, 1997

Imbolc est un jour de lumière. Fiona me rappelle que Imbolc signifie « dans le ventre », dans les entrailles de la Déesse, et souligne les semences cachées sous la terre qui commencent à peine à remuer. Bien qu'il fasse noir et froid ici, à Helsinki, c'est tout de même un jour d'espoir, et nous devons allumer le feu sacré.

En Angleterre, parmi les assemblées, de grands feux de joie sont allumés. Ici, nous avons allumé des bougies dans notre petite maison louée. Puis, ensemble, nous avons eu une célébration tranquille en jetant du petit bois dans notre poêle à bois.

Le froid est difficile à supporter pour Fiona. Elle souffre et frissonne continuellement. Nous ne pourrions pas vivre si loin au nord pendant très longtemps. Où irons-nous ensuite ? Je me le demande.

— Maghach

Après ma conversation de la veille avec Bree, je me sentais beaucoup plus apte à affronter le nouveau jour. Je savais qu'il nous restait du chemin à parcourir vers la réconciliation, mais pour la première fois, elle me semblait possible.

— Tu es de bonne humeur, a fait remarquer Mary K. alors que nous nous préparions pour l'école. Est-ce parce que tu as parlé à Hunter hier soir? a-t-elle ajouté en remuant ses sourcils de manière suggestive.

Elle a lâché un petit cri quand je lui ai lancé un linge à vaisselle humide.

— Ce n'était pas Hunter, si tu veux tout savoir, ai-je dit en prenant mon sac à dos. Je parlais à Bree.

Mary K. m'a adressé un grand sourire.

— C'est génial!

Elle connaissait l'importance que mon amitié avec Bree revêtait pour moi.

— Peut-être que maintenant, les choses vont revenir à la normale par ici.

Dehors, Robbie a actionné son klaxon. Il nous reconduisait de nouveau à l'école. J'allais récupérer Das Boot plus tard dans la journée, et là, les choses reviendraient *réellement* à la normale !

Alors que je m'apprêtais à enfiler mon manteau, le téléphone a sonné. Mes sens de sorcière ont picoté. Qu'est-ce que Hunter pouvait bien vouloir aussi tôt ? J'ai décroché le combiné.

— Allô, Hunter.

— Bonjour.

— Je ne peux pas vraiment te parler, lui ai-je dit. Je suis en route pour l'école, et Robbie et Mary K. m'attendent.

— Je vais faire vite, a-t-il dit. C'est seulement que… je sens que je dois te préparer. Je sais que tu te montres loyale envers David, et c'est une bonne chose. Mais je ne veux pas que tu sois aveuglée aux forces obscures simplement parce que tu l'aimes bien.

— Je ne suis pas aveuglée, ai-je dit, piquée au vif. Ne penses-tu pas qu'après tout ce que Cal m'a fait, j'ai appris ma leçon ? Ça ne me semble pas logique, c'est tout. David n'est pas comme Selene ou Cal. Il n'est pas assoiffé de pouvoir. Il n'est même pas un Woodbane.

Il a pris une grande inspiration.

— Écoute, je t'ai dit comment mon frère, Linden, était mort. Comment il avait invoqué un esprit sombre qui l'a terrassé.

Ce n'était pas toute l'histoire, je le savais. Lorsque nous avions joint nos esprits, j'avais appris qu'on avait accusé Hunter de la mort de Linden et qu'il avait subi un procès devant l'Assemblée internationale des sorcières. On l'avait jugé innocent, mais il gardait tout de même en lui cette souffrance et la conviction qu'il était coupable.

— Je me souviens, ai-je dit.

— Ce que je ne t'ai pas dit est que Linden avait invoqué des esprits sombres bien d'autres fois auparavant, a poursuivi Hunter. Après cette première fois où nous l'avions fait ensemble, on aurait dit que la porte s'était ouverte pour lui. Il aimait user de magye noire. Elle venait chercher quelque chose en lui. Mais la première fois, Morgan, la première fois, nous en avons usé pour les raisons les plus pures.

— Et tu crois que David a fait la même chose, ai-je dit. Tu penses qu'il a ouvert cette porte.

— Je pense que c'est possible, oui.

Dehors, Robbie a klaxonné de nouveau.

— Je dois y aller, ai-je dit à Hunter. Ils m'attendent.

— Nous en reparlerons plus tard, a dit Hunter.

— OK. Comme tu veux.

J'ai raccroché le téléphone et l'ai fixé des yeux pendant une minute. Je me suis rappelé le plaisir que j'avais eu à combattre ces types horribles chez tante Eileen et Paula. J'avais aimé l'expérience. Est-ce que ça se classait dans la magye noire? Non. Même si j'en avais tiré une décharge d'énergie, j'avais défendu des gens que j'aimais contre une attaque. Ça ne pouvait être mal.

En me dirigeant vers la voiture, j'ai pris une décision. J'allais prouver l'innocence de David. J'allais prouver que Cal était la source de l'énergie maléfique que Hunter sentait. J'irais parler à Stuart Afton pour faire la lumière sur tout ça.

Après l'école, j'ai téléphoné au bureau de Stuart Afton pour prendre rendez-vous.

Sa secrétaire m'a indiqué qu'il n'était pas au travail.

— Est-il malade? ai-je demandé.

Elle a hésité.

— Il est... indisposé. Il est absent depuis le milieu de la semaine dernière.

Quelque chose dans sa voix m'a amenée à projeter mes sens de sorcière. J'ai ressenti une grande confusion et un malaise. Elle ne savait pas ce qui n'allait pas avec son patron, ai-je senti, et c'était inhabituel.

J'ai aussi réalisé que j'avais ressenti la présence sombre pour la première fois au milieu de la semaine précédente, soit environ au même moment où Afton avait cessé de se rendre au travail.

Simple coïncidence, me suis-je dit.

Les coïncidences n'existent pas, m'indiquait ma voix intérieure de sorcière.

— Est-ce que M. Afton a fait des gains importants récemment? ai-je demandé impulsivement.

— Je n'ai pas l'intention de répondre à une telle question, mais vous êtes la deuxième personne à me la poser au cours des derniers jours, a dit la secrétaire d'une voix étonnée. Que se passe-t-il ?

— Je ne suis pas certaine, ai-je dit. Merci de votre aide.

J'ai raccroché et j'ai cherché l'adresse résidentielle d'Afton. Il habitait dans une partie huppée de la ville, mais je pouvais m'y rendre par autobus. Je ne voulais pas que Robbie sache ce que je faisais. D'une certaine manière, je sentais que je devais effectuer cette mission seule. Il me suffirait de prendre l'autobus pour aller récupérer Das Boot.

L'autobus m'a laissée à quelques pâtés de la maison d'Afton. Les maisons étaient énormes et leurs pelouses étaient larges. Même la neige semblait plus élégante dans ce voisinage. Je marchais d'un pas rapide dans l'espoir de me garder au chaud. Mon souffle formait une petite buée devant moi.

J'ai appuyé sur la sonnette et j'ai martelé mes bottes contre le paillasson. Étais-je folle de venir ici ? Afton accepterait-il de me voir ? J'ai entendu des pas de l'autre côté de la porte, puis elle s'est ouverte. Une

femme à la taille épaisse, revêtue d'un uni-
forme de domestique, me regardait. Une
vague d'inquiétude émanait d'elle.

— Oui? a-t-elle demandé. Je peux vous
aider?

— Euh, ai-je dit intelligemment. Je me
demandais si je pouvais parler à M. Afton?

Elle a serré les lèvres, et j'ai réalisé que
son teint était pâle.

— Oh, ma chère, je suis désolée.
M. Afton... M. Afton... a été conduit à l'hôpital plus tôt ce matin.

— Quoi? ai-je soufflé.

Elle a hoché la tête.

— Les ambulanciers croient qu'il a eu
un arrêt cardiaque.

— Je... je suis vraiment désolée, ai-je
balbutié.

Mon cœur cognait fort. Ce n'est qu'une
coïncidence. Ça n'a rien à voir avec la
magye, me suis-je dit.

Mon regard s'est arrêté sur un sac d'emplettes froissé dans le couloir derrière elle.
Il paraissait tellement hors de son élément,
là, comme si M. Afton le tenait quand il
avait subi son arrêt cardiaque. Sa couleur

vert forêt et ses poignées argentées avaient un côté familier. Je m'apprêtais à demander à la domestique d'où il venait quand mes sens de sorcière ont picoté. Hunter s'avançait sur le trottoir.

Qu'est-ce qu'il faisait là ? Je me suis tournée pour le regarder.

— Tout va bien ? a-t-il demandé en atteignant la porte.

— Stuart Afton est à l'hôpital, ai-je lâché. Il a eu un arrêt cardiaque ce matin.

Hunter a légèrement écarquillé ses yeux verts. Il a tourné son regard vers la domestique.

— Je suis désolé de l'apprendre. Pouvez-vous me dire à quel hôpital il se trouve ? J'aimerais lui envoyer des fleurs.

— Oui. Au Memorial. C'est l'hôpital le plus près.

Elle a secoué la tête.

— Il courait dix kilomètres chaque jour, et davantage le week-end. Personne ne prenait autant soin de sa santé que M. Afton. Un arrêt cardiaque, c'est complètement insensé.

Aucun besoin d'emmêler mon esprit avec celui de Hunter pour deviner ce qu'il pensait. Un arrêt cardiaque avait du sens si la magye noire était impliquée.

— Merci. Nous sommes désolés de vous avoir dérangée, ai-je dit à la domestique.

Puis, j'ai agrippé le bras de Hunter et l'ai tiré jusqu'au bas de l'escalier du porche.

— Qu'est-ce que tu fais ici? ai-je demandé.

— La même chose que toi, je suppose. J'essaie d'obtenir des réponses.

Je ne voulais pas réfléchir aux conclusions qu'il tirait.

— Où est ta voiture? a-t-il demandé quand nous sommes arrivés au trottoir.

— Je dois aller la récupérer au garage, ai-je dit.

— Monte. Je vais t'y conduire.

Je suis restée sur le trottoir. Je n'étais pas certaine de vouloir embarquer dans sa voiture en étant au courant de la conversation que nous aurions. Mon estomac s'est noué.

— Morgan, décide-toi. Je suis gelé.

Hunter a fait le tour de sa voiture pour se glisser derrière le volant.

J'étais gelée, moi aussi. Je suis montée à bord et lui ai indiqué la route à prendre pour se rendre au garage Unser.

Je ne savais quoi penser et je me suis perdue dans mes propres réflexions pendant que Hunter conduisait. Évidemment, il arrivait que des gens subissent un arrêt cardiaque inexplicable. Il avait peut-être un handicap congénital.

— Une personne comme Stuart Afton n'est pas vraiment candidat à un arrêt cardiaque, a fait remarquer Hunter, et bien que ce fût exactement ce que je pensais, j'ai ressenti un éclair de frustration.

Hunter devait toujours avoir raison.

— Ça peut arriver, ai-je dit. Toutes sortes de choses étranges arrivent. Regarde ma vie.

Hunter a hoché la tête.

— Exact. Ta vie suivait un cours normal jusqu'à ce que la magye s'y pointe. Je pourrais dire la même chose en ce qui concerne Afton. Sauf que la magye a réservé un sort bien plus difficile à lui qu'à toi.

— Tu n'es pas certain que la magye est impliquée, lui ai-je rappelé, les dents serrées. Tu sautes aux conclusions.

— Vraiment? a-t-il demandé.

Délibérément, j'ai pris une forte respiration et j'ai essayé de garder un ton raisonnable.

— OK. Supposons que David ait eu quoi que ce soit à voir avec le fait qu'Afton a oublié sa dette. Eh bien, Afton l'a fait. David a gardé sa boutique. Pourquoi lui ferait-il du mal maintenant? Il est reconnaissant envers Afton. Lui faire du mal maintenant est illogique.

— À moins que David ait fait des erreurs, qu'il ait usé de forces qu'il n'arrive pas à maîtriser et qu'il ait perdu le contrôle sur ce qui devait arriver, a dit Hunter. Les ténèbres ne sont pas prévisibles. Elles ont souvent des répercussions qui vont au-delà des effets immédiats et prévus.

Son ton était tellement arrogant que je me suis laissée emporter par la colère, et des mots ont volé de ma bouche.

— Tu sais quoi? Je pense que d'être un investigateur te rend suspicieux de tous. Je pense que tu es furieux parce que Cal et Selene se sont échappés, et tu es déterminé à pincer quelqu'un d'autre. David est une cible pratique.

Les freins ont grincé, et Hunter s'est soudain garé en bordure de la route. J'ai à peine eu le temps de me tenir avant qu'il n'éteigne le moteur et se tourne vers moi, les yeux brillants de colère.

— Tu n'as aucune idée de quoi tu parles! Tu penses que c'est un *jeu* pour moi? Que je fais une entaille sur ma ceinture pour chaque renégat sur qui je mets la main? Tu penses que ça me plaît de pourchasser d'autres sorcières?

Ma propre colère s'est embrasée.

— Mais tu le fais, non? Tu as *choisi* de le faire.

Un muscle de sa mâchoire s'est contracté pendant que sa main enserrait le volant, ses jointures étaient blanches. Puis, Hunter s'est soudainement décontracté, relâchant la tension dans son corps avec une grande respiration. Il a frotté son menton de la main dans ce geste qu'il esquissait quand il réfléchissait. La voiture débordait des traces de notre colère qui se dissipait et de notre respiration silencieuse. L'air semblait vivant et énergisé, et j'ai réalisé que lorsque j'étais avec Hunter, je me sentais littéralement plus vivante. Probablement parce que j'étais si souvent en colère contre lui. Mais quand j'étais avec lui, je n'avais pas le temps d'être accablée par ma tristesse à propos de Cal.

— Morgan, c'est important pour moi que tu comprennes que tes accusations… ne sont pas fondées, a dit Hunter à voix basse. Ce n'est pas le rôle d'un investigateur. Si le Conseil me soupçonnait d'agir de la sorte, on me retirerait mes pouvoirs en un claquement de doigts. Je ne comprends pas comment tu peux penser de telles choses sur moi.

À sa réponse gentille, je me suis sentie honteuse.

— OK, ai-je dit. Peut-être que j'avais tort.

J'ai toujours été nulle dans les excuses. C'était une chose sur laquelle je voulais travailler.

— Peut-être?

Il a secoué la tête avant de démarrer la voiture. Nous sommes demeurés silencieux jusqu'à ce nous soyons tout près du garage Unser. Nous sommes passés devant la gravière des Entreprises Afton, et je l'ai vu tourner la tête pour lire la pancarte. Quand son visage s'est retourné vers la route, ses sourcils étaient froncés.

Il a viré dans la cour d'Unser.

— C'est ici que tu as senti cette énergie sombre? m'a demandé Hunter en fronçant encore plus les sourcils. Ici même?

— Oui, ai-je dit, perplexe.

— Quel jour? a demandé Hunter.

— Mercredi dernier, ai-je dit, mais alors j'ai aperçu Das Boot garée sur le côté et j'ai oublié tout le reste.

Ma voiture blanche chérie avait un nouveau capot et un nouveau pare-chocs, mais le capot était *bleu*.

— Oh mon Dieu, ai-je soufflé. Ma voiture !

Bob Unser avait entendu la voiture de Hunter et il est sorti du garage en essuyant ses mains sur un chiffon. Max, son berger allemand, trottinait à ses côtés et souriait aimablement. Hunter et moi sommes sortis de sa voiture, et j'ai avancé lentement vers ma Valiant en ayant l'impression que j'allais fondre en larmes.

Bob a regardé Das Boot avec fierté.

— Pas mal, hein ? a-t-il demandé. Le capot est parfait. Nous avons été chanceux.

J'étais sans voix. Les côtés avant de ma voiture avaient été débosselés et couverts de pâte de remplissage Bondo pour réparer les fissures. La pâte avait été poncée, et on aurait dit que des poussières brillantes avaient été saupoudrées sur le nez de ma voiture. Et le capot était *bleu*. Le pare-chocs était correct, mais paraissait bizarrement brillant et loin de son élément. Ma magnifique voiture qui m'avait sauvé la vie avait l'air d'un tas de ferraille.

— Euh… Euh… ai-je commencé en me demandant si j'allais avoir une crise d'hyperventilation.

Après avoir perdu mon petit ami, avoir presque été tuée, avoir perdu ma magye durant un cercle, m'être inquiétée au sujet de David Redstone ; à présent, ce qui menaçait de me faire basculer était de devoir près de mille dollars à mes parents afin que ma voiture ait l'air d'un *tas de ferraille*.

Hunter m'a tapoté l'épaule.

— Ce n'est qu'une voiture, s'est-il risqué d'un ton hésitant.

Je ne pouvais même pas répondre. Ma bouche était béate.

Bob m'a regardée.

— Bien sûr, il faut la peindre, a-t-il dit.

— La peindre ?

J'étais étonnée du calme de ma voix.

— Je ne voulais pas m'y mettre sans t'en parler, a-t-il expliqué en se grattant la tête. On peut peindre le capot blanc pour qu'il aille avec le reste de la voiture, mais pour être honnête, toute ta voiture a besoin d'être peinte. Tu vois les traces de rouille sous la porte ? Il faudrait les poncer, appliquer une couche de protection contre la rouille, puis peindre toute la carrosserie. Si on met de la pâte Bondo dans les autres fissures, ta voiture pourrait avoir l'air d'une neuve.

Cette idée semblait le remplir d'enthousiasme.

— Combien ? ai-je murmuré.

— Un autre quatre cents, cinq cents max, a-t-il dit.

J'ai avalé difficilement et j'ai hoché la tête.

— Euh, est-ce qu'elle roule bien ?

— Bien sûr. J'ai resserré le bloc-moteur et quelques durites. Mais ce bébé-là est un tank. C'était surtout la carrosserie qu'il fallait retaper.

Max a haleté en signe d'accord.

Silencieusement, j'ai remis à Bob Unser le chèque que maman m'avait donné, et il a laissé tomber les clés dans ma main.

— Laisse-moi y réfléchir pour la peinture, ai-je dit.

— Pas de problème. Prends soin de ta voiture.

Il a regagné la chaleur du garage, et je me suis tournée vers Hunter. Il faisait noir à présent, mais je pouvais quand même voir le nez tricolore de Das Boot, et ça me bouleversait incroyablement.

— Je suis désolé au sujet de ta voiture, a dit Hunter. Je suis certain que ça va aller.

J'ai fermé les yeux et j'ai hoché la tête. De toute évidence, il ne comprenait rien du tout.

16

Incertitude

La sorcière de Boston est venue aujourd'hui. Nous avons passé toute la matinée à purifier la maison de Selene Belltower. Mais nous n'avons pas réussi à entrer dans la bibliothèque. En fait, cette fois-ci, je n'ai même pas trouvé la porte.

Puis, en après-midi, je me suis disputé avec Morgan. Je l'ai trop poussée au sujet de David. Elle me résiste complètement. Et quoi d'étonnant! On dirait que tout ce que je fais est de persécuter les gens qui lui tiennent à cœur. Est-ce que je veux qu'elle me déteste?

Non, ce n'est pas si simple. J'ai besoin qu'elle soit capable de faire face à la vérité, même lorsqu'elle est laide ou douloureuse. Je veux qu'elle croie en sa propre force, la force que je constate chaque fois que je la regarde.

Je n'ai jamais rencontré quelqu'un qui me fasse un tel effet. Nous nous sommes disputés *aujourd'hui, et les choses qu'elle a dites à mon sujet étaient tellement fausses et blessantes que j'aurais voulu la secouer. Mais alors, plus tard, quand elle a constaté ce que le mécanicien avait fait à sa vieille ruine de voiture, elle a semblé si anéantie, si complètement désespérée, que j'ai dû me retenir de la prendre dans mes bras et de sécher ses larmes à coup de baisers.*

— Giomanach

À bord de ma voiture pie hideuse, je me suis dirigée vers un marchand de tissus pour me procurer un tissu doré et du fil de broderie cramoisi. J'en avais besoin pour la breloque de protection que j'allais fabriquer pour tante Eileen et Paula. Il s'agirait d'une petite pochette brodée de la rune Eolh, et qui contiendrait des herbes et un cristal.

Ensuite, je suis partie en direction du bureau de ma mère. Das Boot ne produisait plus le bruit de métal grinçant; en fait, le moteur ronronnait parfaitement. Mais j'étais humiliée par l'aspect de ma voiture bien-aimée. Je me suis garée en angle en tentant de ne pas regarder son nez alors que je marchais vers le bureau de maman.

Widow's Vale Immobilier était situé dans un petit immeuble aux bardeaux blancs. À l'intérieur, le style était délibérément douillet, avec des planchers de bois franc polis, une panoplie de plantes, et des tapis et du mobilier de type artisanal.

— Oh, Morgan, ma chérie. Allô. Tu as récupéré ta voiture?

Maman m'a regardée de derrière un bureau croulant sous des piles de reliures à trois anneaux, de dossiers et de feuilles imprimées. Elle paraissait surmenée et submergée. J'ai poussé un soupir. J'étais heureuse de pouvoir l'aider.

— Oui, ai-je dit. Elle est réparée, mais ne me demande pas de te parler de son aspect.

Maman a tenté, sans succès, de réprimer un sourire. Une autre personne qui n'appréciait pas les voitures, comme Hunter. Quelles créatures étranges ils étaient.

Le jeudi et le vendredi ont été des journées tranquilles au lycée de Widow's Vale. J'ai rencontré les membres de Cirrus le vendredi matin, avant les cours. Ils étaient tous excités à l'idée du cercle avec Hunter, le soir suivant.

— J'ai lu des trucs par Eliade, qui est expert dans l'histoire des religions, et il parle de lieux sacrés, a dit Ethan. Je pense que c'est là que Hunter nous a amenés. Et c'est exactement l'effet qu'un rituel est supposé avoir.

J'ai fait tout mon possible pour ne pas le regarder bouche bée. Si, deux mois plus tôt, quelqu'un m'avait dit qu'Ethan Sharp discourrait sur les rituels et les lieux sacrés, je lui aurais dit qu'il était fou.

— Ça n'était jamais arrivé avec Cal, a fait remarquer Jenna. Nous avons ressenti de la magye une fois, mais avec Hunter, c'était différent. C'était un lien incroyable.

— Le premier cercle avec Hunter m'a transformée, a affirmé Sharon. Je ne pourrai jamais revoir les choses de la même façon qu'avant.

Soudain, j'ai réalisé qu'ils ressentaient tous des émotions semblables à ce que j'avais senti lors de notre tout premier cercle avec Cal, quand il m'avait ouvert la porte sur la magye. Cela avait tout changé. Et j'aurais dû être heureuse plutôt que d'avoir du ressentiment pour l'assemblée et Hunter parce que ma propre expérience dans le cercle avait été si frustrante.

Matt, qui, à mes yeux, était complète-ment replié sur lui-même, m'a surprise.

— Mais Morgan n'a pas aimé le cercle, a-t-il dit. C'est étrange que Hunter possède tout ce pouvoir et que la seule sorcière de sang parmi nous ne le trouve pas génial.

Sorcière de sang? J'ai levé les yeux.

— Robbie nous l'a dit. Les mots lui ont échappé quand il nous expliquait ce qui était arrivé avec Cal, a dit doucement Jenna. Nous nous en doutions, de toute façon.

— Euh, ai-je commencé, troublée. Ce n'est pas que je n'aime pas Hunter.

— Qu'est-ce que c'est, alors? a demandé Sharon.

C'était compliqué. C'était Cal; perdre Cal. Le fait que Hunter était un investigateur qui m'avait fait voir la vérité au sujet de Cal. Le fait que Hunter soupçonnait David d'user de magye noire. J'ai secoué la tête. Je ne savais pas comment m'y prendre pour l'expliquer. Alors je me suis contentée de hausser les épaules et de dire :

— Je ne sais pas ce que c'est exactement.

Heureusement, la première cloche a sonné. Je me suis dépêchée à filer en marmonnant que je devais me rendre à ma case. Comment pouvais-je leur expliquer mes sentiments à propos de Hunter quand je ne les comprenais pas moi-même ?

Samedi, le temps était froid et morne. Je me suis réveillée juste après l'aube — ce qui était inhabituel — secouée par un rêve dont je n'arrivais pas à me souvenir. Dagda était enroulé en boule sur ma poitrine. J'ai déposé un baiser sur sa tête soyeuse avant d'essayer de me rendormir. Inutile. Mes pensées étaient déjà en branle. Le visage de Hunter ne cessait d'apparaître devant mes yeux. Je me demandais comment se portait Stuart Afton. Je devais m'atteler à mon devoir de physique et me rendre à l'agence immobilière pour saisir des inscriptions dans l'ordinateur.

Ce soir-là, j'avais un cercle, et Hunter voulait me voir dimanche pour une leçon. J'avais dit à tante Eileen et à Paula que je leur donnerais un coup de main pour déballer leurs affaires à un moment ou l'autre du week-end, mais je devais vraiment me procurer le dernier ingrédient requis pour ma breloque de protection afin de la cacher dans leur maison. Cela signifiait me rendre chez Magye pratique et voir David. Serait-il capable de sentir mon incertitude à son sujet ?

Déjà complètement stressée, j'ai abandonné l'idée de me rendormir, et je me suis levée et habillée. Puis, je me suis installée à mon bureau pour travailler sur mon devoir de physique. *Planifiez la trajectoire d'une balle de baseball frappée à un angle de quarante-cinq degrés et qui se déplace à une vitesse de cent soixante km/h (en présumant qu'il n'y a aucune résistance de l'air)*, indiquait le premier problème.

— Pourquoi ? ai-je marmonné.

Difficile d'imaginer quoi que ce soit qui avait moins de pertinence dans ma vie, mais je me suis penchée sur les chiffres jusqu'à neuf heures, qui me semblait une heure respectable pour faire mon apparition à la table du petit-déjeuner, un samedi matin.

Maman était déjà partie quand je suis descendue au rez-de-chaussée, le week-end étant un moment primordial pour les agents immobiliers. Papa était assis à la table, affairé à lire le journal.

— Bonjour, mon ange, a-t-il dit.

Mary K. se tenait devant le four et mélangeait quelque chose dans une casserole.

— Tu veux du gruau ? a-t-elle demandé.

— Non, merci.

Je me suis mise à préparer mon propre petit déjeuner nutritif composé de *Pop-Tarts* et d'un Coke diète.

En raclant la casserole, elle a versé son gruau dans un bol.

— J'ai parlé à tante Eileen hier soir et je vais aller chez elle après la messe demain pour les aider à défaire leurs boîtes. Tu veux venir?

— Oui. Je leur ai dit que j'irais. Mais on peut s'en reparler plus tard? ai-je dit. J'ai un million de trucs à faire ce week-end, et je ne sais pas encore de quoi aura l'air mon horaire.

Mon père a baissé son journal.

— Qu'as-tu à faire?

J'ai relâché mon souffle pendant que je modifiais mentalement ma réponse.

— Euh… je dois travailler au bureau de maman, faire des courses, mes devoirs et je rencontre mes amis ce soir.

Mes parents savaient que le samedi soir je prenais part à des cercles wiccans, mais je m'efforçais toujours de ne pas le leur mentionner directement.

Mon père m'a scrutée d'un air préoccupé.

— J'espère que les devoirs ne figurent pas en dernier sur ta liste?

— Non, l'ai-je assuré. J'ai déjà terminé mon travail de physique. Mais je dois encore rédiger une dissertation d'histoire.

Il m'a adressé un sourire.

— Je sais qu'il se passe beaucoup de choses dans ta vie. Je suis fier de toi : tu as maintenu tes notes.

De justesse, ai-je pensé.

Vingt minutes plus tard, je quittais la maison.

Une faible odeur de jasmin flottait dans l'air quand je suis entrée chez Magye pratique, et Alyce était revêtue d'une robe en tricot ivoire sur laquelle elle avait enfilé une tunique rose tendre. Un rang de perles de quartz rose pendait à son cou.

— Tu sembles prête pour le printemps, ai-je dit. Trois mois trop tôt.

— Il n'y a rien de mal à espérer, m'a-t-elle dit en souriant. Comment vas-tu, Morgan ?

— Submergée, mais ça va.

Je ne pouvais m'empêcher de lui demander.

— Sais-tu ce qui est arrivé à Stuart Afton ?

— Oui, pauvre homme. C'est horrible.

Elle a secoué la tête, et ses yeux bleus étaient troublés.

— Je pense que nous devrions essayer de lui envoyer de l'énergie de guérison lors de notre prochain cercle.

— Alors… comment se porte ton assemblée?

Je savais qu'on avait demandé à Alyce de diriger Starlocket maintenant que Selene était partie.

Alyce a replacé une mèche de cheveux gris dans son chignon.

— Difficile de succéder à Selene. Je suis loin d'avoir le pouvoir qu'elle a. Mais il est vrai que je n'ai jamais abusé de mon pouvoir comme elle. Notre assemblée doit guérir de nombreuses plaies, et comme c'est le genre de travail qui me plaît, je me concentrerai là-dessus, du moins, pour l'instant.

— Morgan, bonjour, a dit David, qui émergeait de derrière une bibliothèque.

J'ai remarqué qu'il portait toujours un bandage à la main et que du sang s'était infiltré et avait taché la gaze.

— Heureux de te voir.

J'espérais que le timbre de ma voix était naturel quand j'ai répondu :

— Moi aussi. Euh, j'ai besoin de certains ingrédients.

J'ai extirpé une liste de ma poche.

S'il avait remarqué quoi que ce soit dans ma manière d'être, il ne l'a pas laissé paraître. Il s'est contenté de passer en revue ma liste.

— De l'essence de cajeput, de menthe pouliot, de lavande et de pélargonium malodorant, a-t-il murmuré en hochant la tête. Nous venons tout juste de recevoir une livraison d'essence de menthe pouliot, n'est-ce pas, Alyce?

— Oui. Je vais aller chercher les essences, a dit Alyce.

Puis, elle m'a expliqué :

— Nous conservons les grosses bouteilles en arrière-boutique, près du lavabo. Elles causent un peu de dégâts quand nous les manipulons. Je reviens dans quelques minutes.

Elle est sortie de la boutique, me laissant seule avec David. Il a poursuivi la lecture de ma liste.

— Bardane, oliban et une semence de frêne, a-t-il dit d'une voix neutre.

— Vous avez ces ingrédients ? ai-je demandé.

Je n'arrivais pas à le lire, et ça me rendait nerveuse.

— Nous les avons, a-t-il dit.

Il a ajouté, comme pour entamer la conversation :

— Ce sont les ingrédients d'une breloque de protection. De quoi veux-tu te protéger ?

— Ce n'est pas pour moi, lui ai-je dit. C'est pour ma tante et sa petite amie. Elles viennent d'emménager dans une maison à Taunton et elles ont été harcelées parce qu'elles sont gaies.

— C'est dommage. Ce n'est jamais facile d'être différent, a dit David d'un ton pensif. Mais je suppose que tu sais de quoi je parle, comme tu es une sorcière.

— Oui, ai-je acquiescé. Penses-tu que la breloque va fonctionner ?

— Ça vaut la peine d'essayer.

— J'ai utilisé mes pouvoirs pour arrêter les types qui leur faisaient peur, ai-je admis. Avec du feu de sorcière.

Je voulais voir sa réaction à ce changement dans notre discussion.

David a arqué un sourcil argenté, mais
il n'a rien dit.

— Même maintenant, je veux les voir
souffrir. Ça m'inquiète à mon sujet, ai-je
ajouté.

David a serré les lèvres.

— Tu te juges très sévèrement. Tu es
une sorcière, mais tu es aussi humaine et
tu as des faiblesses humaines. De toute
façon, l'énergie sombre n'est pas maléfique
en soi.

Il a glissé sa main dans le présentoir
derrière le comptoir pour en sortir le collier
muni d'un pendant en onyx blanc et noir, à
l'image du yin et du yang.

— À mes yeux, la partie la plus inté-
ressante de ce symbole est le fait que le
blanc contient une tache minuscule de noir
et vice versa, a-t-il dit. Les deux moitiés
sont nécessaires — l'ombre et la lumière —
pour compléter le cercle. Elles font partie
d'un tout, et chacune contient la semence
de l'autre. Alors la magye noire n'existe pas
sans une parcelle de lumière et la magye

blanche n'existe pas sans une touche de ténèbres.

Alyce, qui était revenue dans la boutique chargée de fioles d'essence pendant qu'il parlait, a secoué la tête.

— C'est une belle philosophie, David, mais du côté pratique, je pense qu'il est préférable que nous évitions les ténèbres.

David m'a adressé un sourire.

— Et voilà : la sagesse combinée de Magye pratique. À toi de faire la part des choses.

Une cliente est entrée, et Alyce est allée à sa rencontre.

David a passé mes articles à la caisse. Puis, il s'est penché pour extirper un sac d'emplettes en papier et le poser sur le comptoir. Il a déposé les fioles à l'intérieur.

— Tu l'aimes ? a-t-il demandé en constatant que mes yeux étaient rivés sur le sac. Nous les avons commandés pour célébrer le nouveau bail de vie de Magye pratique, si on peut l'appeler ainsi.

— Il est joli, suis-je parvenue à dire.

En agrippant le sac, j'ai marmonné mes au revoir avant de filer hors de la boutique.

Dehors, j'ai levé le sac et l'ai fixé des yeux. Il était vert forêt et muni de poignées argentées. Comme le sac que j'avais aperçu, froissé dans le couloir de Stuart Afton quand il avait eu son arrêt cardiaque.

17

Entrée par
effraction

Août 1999

Beck nous a contactés aujourd'hui. Dès que j'ai aperçu son visage dans le lueg, j'ai su que les nouvelles étaient mauvaises. Mais je ne pouvais pas imaginer que ce serait si terrible.

Linden a été tué, nous a dit Beck, en invoquant un esprit sombre.

— Il a fait appel aux ténèbres pour leur demander comment communiquer avec Fiona et toi, a expliqué Beck de son ton brusque.

Déesse, qu'est-ce que j'ai provoqué ? J'ai abandonné quatre enfants, et maintenant, l'un d'entre eux est mort par ma faute. J'ignorais qu'une telle douleur était possible.

— Maghach

285

Je me suis assise à bord de Das Boot et j'ai tenté de prendre des respirations de méditation afin de me calmer. Ça ne veut rien dire, me suis-je dit. Ce n'est qu'un sac d'emplettes.

Bien sûr. Comme si Afton était du type à fréquenter Magye pratique.

Vingt minutes plus tard, je me suis garée devant la maison immense d'Afton. Qu'est-ce que je faisais là ? Comment pourrais-je prouver quoi que ce soit ?

J'ai jeté un regard morne par la vitre de ma voiture. C'est probablement le jour de la collecte des ordures, ai-je réalisé en remarquant les poubelles longeant la rue.

Ma preuve pouvait-elle se trouver dans ces poubelles ? me suis-je demandé. Je suis descendue rapidement de la voiture et j'ai couru vers les poubelles devant la maison d'Afton. J'en ai ouvert une, et la puanteur m'a frappée. Beurk. Allais-je réellement tripoter les ordures d'un étranger ?

J'ai tenu une main au-dessus de la poubelle pour tenter de sentir ce que je cherchais. Je cherche des pouvoirs de sorcière, ai-je pensé. Si cette poubelle contient un objet qui a été manipulé par une sorcière, mène-moi vers lui, je t'en prie. Le bout de mes doigts a picoté, et j'ai déchiré un des sacs en plastique.

Un sac d'emplettes vert aux poignées argentées se trouvait sur le dessus de la pile. Le logo argenté de Magye pratique était imprimé sur le côté. Une carte de souhaits était fixée sur l'une des poignées. De mes mains tremblantes, je l'ai tirée de la poubelle. *Ils sont pour vous*, lisait la carte. *Vous savez pourquoi.*

La carte était signée : *Soyez béni, Alyce.*

J'ai laissé tomber le sac comme s'il m'avait mordue. Des muffins faits maison ont roulé dans la neige.

Une voiture s'est approchée et s'est arrêtée derrière moi. Encore une fois, ai-je réalisé, Hunter avait retrouvé ma trace.

— Morgan, qu'est-ce qu'il y a ? a-t-il demandé.

J'ai levé un visage bouleversé vers lui.

— Ça ne peut pas être vrai, ai-je murmuré.

Si Alyce avait usé de magye noire pour causer l'arrêt cardiaque de Stuart Afton, tout ce que je pensais savoir ou comprendre était erroné. Et je ne pouvais avoir confiance en personne.

— Monte dans la voiture, m'a ordonné Hunter.

J'ai tout simplement obéi. Il y avait un tourbillon dans mon esprit. Alyce ? Alors, elle était une formidable menteuse, car elle avait semblé si persuadée que personne ne devrait se frotter aux forces sombres.

Hunter est sorti de la voiture et a ramassé le sac que je venais de laisser tomber. Il a ramassé les muffins, les a reniflés et observés. Puis, il a tout jeté dans la poubelle avant de monter à bord de la voiture.

— Ils ne sont pas ensorcelés, a-t-il dit.

— Qu... quoi ? ai-je demandé.

— Les muffins, le sac, la note, a-t-il expliqué. Aucun sort. Alyce n'a rien à voir avec l'arrêt cardiaque d'Afton.

J'ai renversé la tête et j'ai poussé un soupir de soulagement.

J'ai senti le regard de Hunter sur moi.

— Tu avais des soupçons à propos de David, par contre, n'est-ce pas? Voilà pourquoi tu es revenue ici?

— Je… je ne sais pas à quoi je pensais, ai-je dit.

— Je me suis rendu à Red Kill, à l'hôpital Memorial. J'ai vu Stuart Afton, a dit Hunter.

Je n'ai pas pris la peine de lui demander comment il avait réussi à le voir, comme il n'était pas un parent ni même un ami.

— J'avais entendu dire qu'il agissait bizarrement depuis quelques jours, et les docteurs croient qu'il s'agissait peut-être de signes précurseurs de l'arrêt cardiaque, même s'il n'y a aucune raison médicale pour celle-ci. Et il bredouillait pendant que j'étais là.

— Que disait-il? ai-je demandé avec appréhension.

— Il a dit : «J'ai fait ce qu'ils voulaient. Pourquoi n'est-ce pas terminé?»

— Cela ne veut rien dire, me suis-je sentie obligée de rétorquer. Il aurait pu parler du travail ou d'autre chose.

— Ce n'est pas tout, a dit Hunter. Tu te souviens de la présence sombre que tu as ressentie dans le garage ? Je n'avais pas réalisé, avant de te conduire au garage, qu'il est situé sur la même route que la gravière d'Afton. Mais quand je l'ai constaté, j'ai réalisé que la présence sombre n'était peut-être pas à ta recherche après tout.

Je lui ai jeté un regard ébahi.

— Tu veux dire…

Hunter a hoché la tête.

— Peut-être qu'elle était à la recherche de Stuart Afton.

J'ai posé une main sur mon front. J'ignorais si je devais me sentir soulagée ou bouleversée. Si la présence sombre était à la poursuite d'Afton et non de moi, cela signifiait que je n'étais pas traquée. Mais cela voulait aussi dire que Hunter avait raison et que David a invoqué les ténèbres.

— Bon, je me dirigeais vers son bureau pour faire d'autres vérifications, et j'ai senti que tu avais besoin de moi, a dit Hunter.

Je me suis hérissée.

— J'allais bien, ai-je dit. C'était simplement bouleversant de penser qu'Alyce
aurait pu être impliquée.

— Alors… c'est bien, a dit Hunter.
Nous nous verrons plus tard.

Je me suis tournée sur mon siège pour
lui faire face.

— J'y vais avec toi.

— Quoi?

— Je fais partie de cette enquête maintenant, ai-je dit d'une voix ferme. Si tu vas
enquêter au bureau d'Afton, j'y vais aussi.

Pendant un instant, on aurait dit qu'il
allait argumenter, mais il s'est contenté de
soupirer.

— OK. De toute façon, je sais que tu
me suivrais.

Je suis parvenue à lui sourire.

— Eh bien, on dirait que tu me connais,
après tout.

Je suis rapidement sortie de sa voiture
pour gagner la mienne. Puis, je l'ai suivi
jusqu'aux Entreprises Stuart Afton. Hunter
m'a pris le bras, et nous avons traversé la
rue en direction de l'immeuble.

— Je veux me rendre dans son bureau pour chercher des signes de magye.

— Tu veux dire : entrer par effraction ?

Ma voix semblait étranglée. Je n'avais même jamais fait un vol à l'étalage.

— Bien, oui, a dit Hunter. Pour parler franchement.

— Laisse-moi deviner : comme tu es investigateur, tu as une certaine permission magyque qui te permet d'enfreindre toutes sortes de lois humaines.

J'ai croisé les bras sur ma poitrine.

Hunter a souri, et j'ai perdu le souffle devant son air soudain de gamin.

— Exact, a-t-il dit. Tu peux reculer quand tu veux. Je ne t'ai pas invitée, tu te souviens ?

J'ai roulé des yeux.

— Je te suis.

— Bien. Pourvu que tu te souviennes qui dirige ici.

J'ai grincé les dents en signe d'agacement pendant qu'il murmurait des mots et traçait rapidement des runes et d'autres *sigils* dans l'air.

— Il s'agit d'un sortilège d'illusion, m'a-t-il dit. Quiconque nous regarde verra quelque chose d'autre — un chat, une bannière, une plante de grande taille —, n'importe quoi sauf nous.

J'étais à la fois impressionnée et envieuse des capacités de Hunter. J'ai réalisé à nouveau tout ce que j'avais à apprendre.

— D'accord. Maintenant, voilà ce que tu peux faire, m'a indiqué Hunter. Il y a une alarme installée dans la porte. Elle fonctionne à l'électricité, qui est simplement de l'énergie. Concentre ta propre énergie, puis sonde l'énergie du système de sécurité et utilise cette énergie.

Je ne voulais pas avoir cette responsabilité.

— Et si je provoquais un court-circuit du four à micro-ondes par accident ?

— Ça n'arrivera pas, m'a-t-il rassurée.

J'ai envoyé mon énergie dans l'immeuble. C'était la première fois que j'essayais de me concentrer sur une énergie qui n'était liée ni à une personne ni à la terre. Il s'agissait d'une recherche de courants d'énergie qui n'avaient aucune caractéristique ou forme facilement reconnaissables ; il s'agissait uniquement de circuits, conçus pour enregistrer une réponse lorsqu'ils étaient ouverts ou fermés.

D'abord, j'ai seulement ressenti un vide général à l'intérieur des pièces de l'immeuble. J'ai sondé à nouveau, et cette fois, j'ai senti une énergie de faible niveau tout le long du périmètre de l'immeuble, stable et discrète, conçue pour être remarquée si elle était brisée. Elle traversait toutes les portes et le verre des fenêtres. Je me suis plongée plus profondément dans l'immeuble et j'ai décelé d'autres types d'énergie — des ondes ultrasoniques et, à l'étage, un laser et deux détecteurs de mouvement. Puis, quelque chose d'autre au rez-de-chaussée : une lumière à infrarouge passive, conçue pour détecter l'énergie à infrarouge dégagée par la chaleur corporelle d'un intrus.

— Eh bien ? m'a demandé Hunter.

— C'est tellement cool, ai-je murmuré.

— Trouve le système de sécurité, m'a-t-il rappelé.

— OK.

J'ai projeté mon énergie à nouveau et j'ai trouvé la boîte de commande de la sécurité dans le sous-sol. J'ai laissé mon esprit l'examiner. Je me suis concentrée davantage et j'ai senti une forme qui avait été saisie encore et encore.

— Six, deux, sept, trois, zéro, ai-je dit. C'est le code.

— Excellent.

Hunter a saisi les chiffres au clavier près de la porte, et nous avons entendu un faible déclic.

— Allons-y.

À l'intérieur, Hunter s'est dirigé vers une grande pièce fenêtrée au fond du rez-de-chaussée : le bureau de Stuart Afton. Il a survolé la pièce du regard, a fermé les yeux un instant et s'est mis à contrôler sa respiration. Puis, il a plongé la main dans la poche de son blouson pour en ressortir un athamé. Le design du manche était simple et serti d'un seul saphir bleu foncé.

Hunter a dégainé le poignard pour le pointer vers le bureau d'Afton. Un *sigil* est apparu dans une lueur bleue comme le saphir. On avait pratiqué de la magye ici.

Hunter a pointé la lame vers le fauteuil d'Afton, et j'ai aperçu la rune Hagell, celle de la perturbation. La rune Neid, celle de la coercition, a brillé au-dessus de la porte. Il y avait d'autres signes que je ne reconnaissais pas.

— Ils servent à marquer des cibles, a expliqué Hunter en tenant l'athamé devant des figures qui m'étaient inconnues. Doutes-tu toujours qu'on ait usé de magye contre Afton?

— Non.

Voir ces *sigils* et savoir qu'ils avaient été tracés pour de sombres desseins était très bouleversant.

— Mais nous ne savons toujours pas à qui la magye appartient.

— Tu crois ça?

Sa voix avait un ton doux et dangereux. Il a tenu l'athamé sur le *sigil* une autre fois.

— De quel clan proviens-tu? a-t-il demandé.

Il y a eu un éclat de la forme d'un cristal au-dessus du *sigil*.

— Qu'est-ce que c'est ? ai-je demandé.

— Le signe des Burnhide, a dit Hunter.

Sa voix n'était pas triomphante, seulement triste.

— Oh non, ai-je dit.

Je me sentais vide à l'intérieur.

— Ce n'est pas une preuve véritable, a indiqué Hunter. Il y a probablement d'autres Burnhide dans le coin, à l'exception de David. La magye est comme une calligraphie. Si tu connais le travail d'une personne, tu peux la reconnaître. Je dois découvrir la signature magyque de David et j'aurai alors la preuve dont j'ai besoin.

J'ai avalé ma salive.

— Super.

Hunter et moi nous sommes séparés en sortant des bureaux d'Afton. Ressentant le besoin de prendre une pause de cette tension, je suis rentrée à la maison.

Je suis entrée pour trouver Mary K. assise à la table à dîner, le visage pâle.

— Qu'est-ce qui ne va pas? ai-je demandé rapidement en pensant à Bakker.

— Tante Eileen vient de téléphoner.

— Qu'est-il arrivé? Vont-elles bien?

Elle a hoché la tête, dévastée.

— Personne n'a été blessé, mais les types — ou certains de leurs amis — sont revenus hier soir. Ce matin, la maison était couverte de graffitis.

— Que disaient les graffitis?

— Tante Eileen n'a pas voulu me le dire, a dit Mary K. Alors, j'imagine que c'était plutôt terrible. Elles revenaient du poste de police.

J'ai ressenti une culpabilité irrationnelle. Si je n'étais pas allée chez Magye pratique et si je n'avais pas suivi Hunter...

— Je n'avais jamais entendu tante Eileen aussi bouleversée, a poursuivi Mary K. Elle a téléphoné pour parler à maman, et c'était évident qu'elle avait pleuré. Elle veut remettre la maison en vente.

— Quoi? Oh non! Elle ne peut pas être sérieuse!

Mary K. a secoué la tête, et sa cloche de cheveux auburn parfaite a effleuré ses épaules.

— Elles en ont marre du nord-est. Elles pensent qu'en Californie, les gens seront plus tolérants.

Sa voix tremblait.

— Tante Eileen souhaite que maman remette la maison en vente.

— C'est dément! ai-je lancé. Tout ça pour trois ados! Trois idiots, trois minables. Il y en a dans chaque ville.

— Dis-le à tante Eileen et à Paula, a répliqué Mary K.

Elle s'est levée et a commencé à retirer des assiettes propres du lave-vaisselle.

— Mon Dieu, elles étaient si enthousiastes à propos de cette maison. Je déteste que quelqu'un leur fasse ça!

— Moi aussi, ai-je dit.

Et je peux y faire quelque chose, ai-je pensé.

J'ai jeté un coup d'œil à ma montre. Il me restait environ quatre heures avant le cercle chez Jenna. Cela me donnait suffisamment de temps pour terminer la breloque de protection. Et pour trouver un sortilège qui apprendrait à ces voyous une leçon qu'ils ne seraient pas près d'oublier.

18

Perdu et retrouvé

Fiona se meurt.

La nouvelle au sujet de Linden l'a vraiment brisée, je pense. Elle souffrait auparavant, mais il lui restait une force intérieure qui tenait la maladie à distance. Mais depuis les deux dernières années, elle... s'éteint. Ses cheveux autrefois si brillants sont maintenant tout blancs, et ses yeux verts sont enfoncés profondément dans son visage émacié. Je vois son agonie, mais je ne peux supporter l'idée de la perdre, mon cher amour, la seule chose précieuse qu'il me reste.

Ce matin, j'ai brisé le silence et j'ai envoyé un message à Gomanach. Je ne l'ai pas contacté directement, mais j'ai jeté un sort qui lui ouvrirait une porte qui lui indiquerait que nous étions vivants. Maintenant, je vis dans la terreur de l'avoir exposé à la vague sombre.

— Maghach

J'ai été la première arrivée chez Jenna.

— Ça ne me ressemble pas, ai-je dit. Je ne suis jamais à l'avance.

La vérité était que j'avais conduit plus rapidement que d'habitude. Peut-être parce que j'étais nerveuse au sujet de ma décision d'invoquer délibérément un sortilège noir sur les idiots qui harcelaient ma tante. Ou peut-être parce que j'étais nerveuse à l'idée de participer à un autre cercle durant lequel je n'entrerais pas en contact avec mon pouvoir.

Jenna a pris mon manteau.

— Les autres seront en retard. Ethan les a convaincus de se rendre à un cours donné à la bibliothèque de Red Kill avec lui. Cela porte sur les lieux sacrés et le temps mythique. Je pense qu'il est donné par une personne qui étudie le chamanisme.

— Tu ne voulais pas y aller ? ai-je demandé en la suivant dans le salon simple et confortable des Ruiz.

— Avec Matt ? Non, merci. Je suis coincée dans la même assemblée que lui, mais si je peux l'éviter, j'en profite.

— Cela doit être terrible de se séparer de quelqu'un après quatre ans, ai-je dit en me sentant inadéquate.

Si on considérait à quel point je me languissais de Cal, que j'avais connu pendant à peine trois mois, je pouvais à peine imaginer par quoi Jenna passait.

Jenna a poussé un gros basset-hound du divan.

— Va dormir dans ton lit, a-t-elle dit. Nous avons de la compagnie.

Le chien est parti placidement, et Jenna s'est tournée vers moi.

— Ouais. Au départ, je ne savais pas comment survivre à chaque journée. Raven Meltzer !

Elle a plissé son nez en signe de dégoût.

— De toutes les filles qu'il aurait pu choisir. J'étais si humiliée.

Nous nous sommes assises sur le divan, et un gros chat rayé gris et blanc a bondi sur les cuisses de Jenna en ronronnant. Elle l'a flatté, l'esprit ailleurs.

— Nous étions ensemble depuis l'âge de treize ans. Je ne savais pas quoi faire sans lui. Et tout le monde le savait. Mais maintenant...

Elle a haussé les épaules.

— C'est incroyable. Je m'en remets. Je réalise que je suis différente sans Matt.

Elle a secoué la tête, et ses fins cheveux blonds ont formé une vague brillante.

— Quand j'étais avec Matt, je vérifiais tout auprès de lui. Je ne sais même pas comment j'avais développé cette habitude. Mais je ne faisais rien sans que Matt ne le sache.

La sonnette a retenti, et j'ai attendu pendant qu'Ethan, Sharon, Matt et Robbie faisaient leur entrée dans la maison en parlant en même temps.

— Désolé d'être en retard, a dit Robbie en donnant un câlin désinvolte à Jenna. Nous avons été coincés dans la circulation en revenant de Red Kill.

— Ouais, l'endroit était bondé, a dit Matt. J'ignorais qu'autant de gens savaient où se trouvait la bibliothèque de Red Kill.

J'ai senti Hunter qui franchissait l'allée, et une bouffée inattendue d'anticipation m'a poussée à m'asseoir plus droite.

— Mes excuses, tout le monde, a-t-il dit une minute plus tard en défaisant la fermeture à glissière de son manteau.

Il a jeté un regard à la ronde et semblait heureux de constater que tout le monde était là.

— Comme nous avons pris du retard, commençons tout de suite. Jenna, qu'as-tu à ta disposition pour former un cercle ?

— De la craie, des bougies, de l'encens et de l'eau, a-t-elle répondu.

— Parfait. Si tu pouvais aller les chercher pendant que nous formons un cercle.

Hunter a dessiné rapidement le cercle en entonnant une invocation à la Déesse et à Dieu.

— J'aimerais que nous nous concentrions sur des choses que nous avons perdues, a-t-il dit une fois que nous avions fait naître l'énergie du cercle.

Elle circulait entre nous avec une telle intensité que je pouvais pratiquement la voir — un ruban de lumière qui nous liait et nous englobait dans sa force. Cette fois, je m'y sentais davantage rattachée.

— Chacun d'entre vous, pensez à une chose que vous avez perdue et que vous voulez trouver, a poursuivi Hunter. Ne le dites pas à voix haute, mais demandez silencieusement à l'énergie du cercle d'ouvrir en vous un moyen de trouver ce que vous avez perdu.

Qu'avais-je perdu ? Mon cœur, était ma réponse immédiate. Mais cette pensée me paraissait trop mélodramatique pour me permettre de demander à l'énergie du cercle d'agir à ce sujet.

Mon esprit a vagabondé, ma connexion au cercle a faibli. J'ai jeté un regard à la dérobée à Hunter en me demandant s'il le sentait. Ses yeux étaient ouverts, mais ce qu'il voyait ne se trouvait pas la pièce. Il semblait à des années-lumière d'ici.

J'ai fermé les yeux pour tenter de retrouver le lien. Soudain, j'ai été remplie d'une montée d'émotions, d'un sens profond de perte, d'un désir qui n'était pas le mien. J'ai aperçu un homme que je ne reconnaissais pas, grand, les yeux bruns et les cheveux grisonnants.

Père, ai-je entendu en moi. Père.

Mes yeux se sont soudain ouverts. D'une manière ou d'une autre, je savais que c'était le père de Hunter que j'avais aperçu. Sans savoir comment, j'étais tombée sur les images qu'il vivait dans le cercle.

En tressaillant, Hunter a brusquement tourné la tête vers moi. J'ai rougi. Envahir sa vie privée de la sorte n'avait pas été mon intention. J'espérais qu'il le savait.

Je l'ai senti se concentrer à nouveau, entrer en connexion avec le reste du groupe, avant de ramener le cercle dans le moment présent. Nous nous sommes rassis dans le cercle, sur le sol. Hunter évitait mon regard. Il a jeté un regard contrit aux autres.

— Pouvez-vous nous excuser un moment ? a-t-il demandé. Morgan, puis-je te parler ?

Avant que je puisse lui répondre, il était debout et avait saisi mon coude pour me diriger vers la cuisine de Jenna.

— C'était un abus de pouvoir, a-t-il sifflé. Tu n'avais pas le droit de faire une telle chose !

Ma bouche est devenue béate.

— Je ne l'ai pas fait exprès !

Les narines de Hunter se sont gonflées sous le rythme de sa respiration rapide alors qu'il tentait de se calmer. J'ignorais si les deux points brillants sur ses joues étaient causés par la colère ou la gêne.

J'ai pensé à quel point je détestais ça quand j'avais l'impression qu'il avait lu mes pensées. Il devait se sentir horrible, ai-je réalisé.

— Je suis désolée. Je n'ai réellement et totalement aucune idée comment c'est arrivé.

Il fixait les tuiles du plancher. Sa respiration était redevenue normale.

— OK, a-t-il dit d'une voix tremblante. OK, je te crois.

— Comment est-ce que ç'a pu arriver? ai-je demandé. J'ai eu une pensée éphémère à ton sujet et soudain... j'ai reçu toutes ces images.

Il a hoché la tête à quelques reprises sans relever la tête.

— Nous... nous avons établi un lien. C'est tout.

— C'était ton père, n'est-ce pas? ai-je demandé.

Il m'a regardée, ses yeux verts scintillant.

— C'était incroyable, a-t-il dit à demi-voix. J'ai soudain su, avec une pleine certitude, que je pouvais appeler mon père, et qu'il m'entendrait.

— Tu veux dire que tu penses qu'il est vivant?

Les parents de Hunter avaient disparu alors qu'il avait huit ans — d'autres victimes de la vague sombre, la force maléfique qui avait détruit Belwicket et d'autres assemblées. Hunter, son frère, Linden, et leur sœur, Alwyn, avaient été recueillis par leur oncle Beck et leur tante Shelagh. Cela avait été difficile d'ignorer ce qui était advenu de sa mère et de son père. Pas étonnant qu'il se soit concentré là-dessus lorsque nous avions pensé à ce que nous avions perdu.

Quand Hunter m'a regardée, ses yeux débordaient de souffrance.

— Oui.

— Vas-tu l'appeler?

— Je ne sais pas. Cela fait si longtemps que je l'ai vu. Je ne sais même pas qui j'appellerais. Et je ne suis pas certain qu'il voudra voir ce que je suis devenu.

— Un investigateur?

J'étais confuse.

Hunter a hoché la tête.

— Nous ne sommes pas exactement populaires auprès des sorcières.

— Tu es le plus jeune membre du Conseil. Tu ne crois pas que n'importe quel père wiccan en serait fier?

— Il est Woodbane, m'a rappelé Hunter. Il est bien possible qu'il fasse appel aux ténèbres, lui aussi.

— Ça ne te fatigue pas de toujours regarder le monde de cet angle? ai-je demandé en me sentant soudain presque désolée pour lui. C'est ton père! Tu ne l'as pas vu depuis plus de dix ans. Mon Dieu, si je pouvais voir ma mère biologique une seule fois…

— Ethan, arrête!

Le son du rire joyeux de Sharon a résonné de l'autre pièce. Hunter a fixé la porte de la cuisine du regard comme s'il avait oublié où nous étions.

— Nous ferions mieux de rejoindre les autres, a-t-il dit.

J'étais réticente à mettre fin à cette conversation. Pour la première fois, nous nous parlions réellement, sans nous disputer, sans qu'il ne s'agisse d'une leçon. Mais les autres attendaient.

Nous avons regagné le salon où les autres ont instantanément encerclé Hunter.

— Je suis en train de lire le livre dont tu m'avais parlé, a commencé Matt. Et je ne comprends pas la partie sur les quatre tours de guet.

Pendant quelques minutes, j'ai observé Hunter répondre patiemment à leurs questions malgré le tourment qu'il ressentait. La profondeur de ses connaissances était impressionnante, et je savais que j'avais beaucoup à apprendre de lui, y compris sa capacité à avancer vers les autres pour les aider à apprendre, même à un moment où il devait ressentir une grande détresse.

Puis est venu le temps de partir. Je suis grimpée à bord de Das Boot, où je suis restée assise un moment à laisser le moteur se réchauffer. Des lumières de Noël brillaient déjà sur la majorité des maisons de la rue de Jenna. Un énorme traîneau illuminé et ses reines occupaient toute la longueur du toit de la maison directement devant la sienne. *Je dois commencer à me préparer pour Noël*, me suis-je rappelé, en décidant de parler à Mary K. le lendemain pour obtenir des idées de cadeaux.

Das Boot était prête à partir, alors j'ai enclenché l'embrayage. Puis, soudain, j'ai bloqué le levier pour garer la voiture. Je ne pouvais pas m'en aller, ai-je réalisé, pas après que Hunter se soit révélé à moi d'une telle façon. Il en était sérieusement éprouvé, et je ne voulais pas le quitter dans cet état.

En embrayant, j'ai fait le tour du pâté afin que les autres ne me voient pas. Je me sentais très protectrice de la conversation que j'allais avoir avec Hunter. Elle était privée. Je ne voulais pas que les ragots se mettent en branle à l'école.

Je veux te parler, ai-je pensé en envoyant mon message à Hunter. *Viens, je t'en prie.*

Hunter s'est avancé vers ma voiture quelques instants plus tard. Je me suis penchée pour lui ouvrir la portière du côté passager, et il est entré.

— Que se passe-t-il? a-t-il demandé.

— Je pense que si tu sais que ton père est vivant, tu dois le contacter.

Hunter fixait le pare-brise.

— Tu crois?

— Oui, ai-je fermement dit. Je sais que ce n'est pas exactement la même chose, mais je viens tout juste d'apprendre que je suis adoptée, il y a environ deux mois. J'essaie encore de déceler la vérité. Cela me rend folle de ne pas le savoir. Et pour ton père... Si tu ne le contactes pas, cela va te dévorer. Tu ne cesseras jamais de te poser des questions.

— Je me pose des questions à son sujet tous les jours depuis dix ans, a dit Hunter. Ça, ça n'a rien de nouveau.

— De quoi as-tu peur? ai-je demandé.

Il m'a jeté un regard agacé.

— Qu'est-ce qui ne tourne pas rond avec ce pays? Tous les États-Uniens sont des psychiatres amateurs. Vous avez des psychiatres à la radio et à la télé, et chacun d'entre vous parle couramment le psycho-bla-bla.

Puis, il a fermé les yeux et les a frottés d'une main. J'aurais voulu tenir son autre main.

— Je suis désolé, a-t-il dit.

Il a relâché un souffle.

— L'Angleterre me manque, a-t-il dit. Je ne me sens jamais à mon aise ici. Être une sorcière doublée d'un investigateur fait déjà de moi un étranger, mais ici, tout semble *de travers*. Je ne suis jamais à la maison.

Je ne l'avais pas réalisé, et cet aperçu réveillait en moi une nouvelle tendresse étrange pour lui.

— Je suis désolée, ai-je dit. Ça doit être horrible.

— Je m'y habitue. Je me suis même habitué à toi, à ta franchise.

Il m'a adressé un sourire contrit.

— Tu frappes souvent près de la cible, Morgan, plus souvent que tu ne le réalises, a-t-il dit en soupirant. C'est probablement bon pour moi.

— Probablement, ai-je acquiescé. Alors, pour ton père?

— Je ne sais pas, a-t-il dit. C'est une question chargée. Tant du côté émotif — comme j'ai seulement reçu un message de lui, je suis terrifié à l'idée que ma mère ne soit morte — que du côté pratique — je ne sais pas quels effets auront cette tentative de contact sur la vague sombre. Je pourrais ouvrir une boîte de Pandore que je ne serai jamais en mesure de fermer. Je dois y réfléchir.

— Je... je ne devrais pas te mettre autant de pression. Je ne sais pas comment tu te sens. Pas vraiment.

Sa main s'est posée sur la mienne.

— Tu as agi comme une amie, et j'en compte si peu. Merci.

J'aimais la sensation de sa main sur la mienne, puis je me suis demandé comment je pouvais me sentir ainsi si rapidement après le départ de Cal. Puis, je me suis dit que je ne devais rien à Cal. Enfin, j'ai décidé que c'était plus d'émotions que je ne pouvais en prendre et que je devrais prendre plaisir au moment présent, autant que possible.

— De rien, ai-je dit.

— Il est tard. Je ne devrais pas te retenir plus longtemps.

Hunter a retiré sa main, et j'ai senti mon cœur se serrer.

— Ça va, ai-je dit.

Je désirais tellement reprendre sa main que j'ai glissé la mienne sous ma cuisse pour la tenir immobile.

Il semblait épuisé.

— Nous devons toujours nous rencontrer demain après-midi pour travailler, n'est-ce pas ?

J'ai hoché la tête.

— Je me rends chez ma tante après la messe. Je t'appellerai à mon retour.

Il est sorti de la voiture.

— Rends-toi bien, alors.

Hunter a tracé la rune Eolh dans les airs.

— Et fais de beaux rêves.

19

Poursuite

Je vais contacter mon père.

J'ai terriblement peur. Non pas seulement de les mettre en danger, lui et maman, ni de me mettre en danger, mais plutôt de constater à quel point il aura changé et comment il aura vieilli. J'ai peur qu'il ne me dise que maman est morte. J'ai peur qu'il ne me dise qu'il sait que je suis un investigateur et qu'il a honte de moi.

Je veux demander à Morgan de rester avec moi pendant que je l'appelle.

— *Giomanach*

Je n'ai pas bien dormi cette nuit-là. Des pensées tourbillonnaient dans mon esprit : tante Eileen et Paula, et trouver le bon sortilège pour les protéger ; David, Cal et Hunter. Je n'avais jamais ressenti des sentiments aussi confus que ceux que j'éprouvais pour Hunter. J'étais passée de croire qu'il était l'homme le plus insupportable de la planète à percer au-delà de cette arrogance pour découvrir une des personnes les plus complexes et fascinantes que j'aie jamais rencontrées. Il n'y avait aucune définition claire pouvant résumer Hunter Niall ou mes sentiments à son sujet.

Le lendemain matin, je me suis levée tôt à nouveau. J'ai laissé une note pour indiquer à ma famille que je serais de retour à l'heure pour la messe. Puis, je suis allée faire une balade en voiture. J'avais besoin de réfléchir et je ne voulais pas être à la maison pour le faire. Je me suis acheté du café avant de me diriger vers une petite marina en bordure de la rivière.

La marina était complètement silencieuse, étant donné que nous étions au milieu de décembre. La plupart des bateaux avaient été sortis en cale sèche et reposaient sur pilotis dans une cour clôturée. Armée de ma tasse de café chaud, je suis sortie de la voiture pour aller marcher sur le rivage. L'air froid était mordant, mais je ne m'en plaignais pas. Il m'aiderait à prendre une décision rapidement.

Qu'allais-je faire au sujet de tante Eileen et de Paula? Mon instinct me dictait que j'avais le pouvoir de les protéger, mais je savais que la breloque que j'avais fabriquée ne suffirait pas. Si je voulais m'assurer que ces voyous ne les ennuient plus jamais, je devais prendre des mesures plus directes. À quel point était-ce dangereux?

Le vent s'est levé de la rivière en une rafale glacée, et j'ai opté pour la procrastination : j'irais visiter tante Eileen et Paula pour voir si elles étaient sérieuses à propos du déménagement. Si elles l'étaient, alors je tenterais de réaliser le sortilège trouvé sur Internet la veille.

Tremblante de froid, j'ai regagné Das Boot.

Je suis arrivée chez tante Eileen et Paula juste à temps pour apercevoir une voiture de police quitter leur maison. Oh non, ai-je pensé. Il était trop tard. Avec un battement de cœur affolé, j'ai couru vers la maison.

Tante Eileen a ouvert la porte quelques secondes après que j'ai appuyé sur la sonnette.

— Morgan! Que fais-tu ici si tôt, un dimanche? Je pensais que Mary K. et toi alliez venir plus tard.

— Je... J'étais inquiète à votre sujet, ai-je dit avec franchise. Je viens d'apercevoir la voiture de police partir et...

Elle a souri avant de glisser un bras réconfortant autour de moi.

— Entre, a-t-elle dit. Partage notre petit déjeuner, et nous te raconterons notre triomphe d'infiltration.

— Votre quoi?

Paula était dans la cuisine, affairée à faire cuire des œufs, des épinards et des champignons dans une poêle.

— Morgan! a-t-elle lancé. Tu veux un petit déjeuner?

— OK, ai-je dit en tirant une chaise. Qu'est-ce qui est arrivé?

Tante Eileen m'a lancé un regard penaud.

— Je me sentais idiote après avoir raccroché avec ta sœur hier. J'avais capitulé devant l'hystérie et la peur.

— Et devant ces idiots, a ajouté Paula. En passant, j'étais tout aussi hystérique.

— Nous en sommes venues à la conclusion que nous ne pouvions pas céder, a poursuivi tante Eileen.

Paula a déposé trois assiettes contenant des œufs sur la table.

— Pour faire court : nous avons loué deux caméras de surveillance d'une boutique de sécurité à Kingston. Nous sommes revenues à la maison pour les installer. À environ deux heures, ce matin, la caméra à l'arrière a pris les vandales sur le fait, et une alarme a retenti dans notre chambre. Nous avons appelé les policiers. Ils sont arrivés trop tard pour attraper les jeunes, mais ils ont recueilli notre film.

— La voiture qui vient de partir, a conclu Eileen, c'était des policiers venus pour nous aviser que les trois types sont maintenant en captivité. La procureure générale croit qu'elle peut les inculper d'au moins deux autres crimes de haine locaux. Et deux d'entre eux sont assez âgés pour être jugés à un tribunal pour les adultes. En plus, deux de nos voisins ont offert de témoigner pour dire ce qu'ils ont vu. La communauté nous appuie vraiment, je dois dire.

— Wow, me suis-je exclamée, étonnée. C'est fabuleux !

J'étais à deux doigts de m'évanouir de soulagement. Elles avaient réglé leur problème sans mon aide, sans l'aide de la magye. Le choix ne reposait plus sur mes épaules.

Tante Eileen a poussé un soupir.

— Je suis heureuse que nous ayons attrapé ces jeunes, mais je dois dire que cet incident m'a vraiment secouée. Je veux dire, on entend parler de dénigrement des homosexuels tout le temps, mais ce n'est pas pareil quand c'est nous qui le vivons. C'est totalement terrifiant.

— Je sais, ai-je acquiescé.

Puis, je n'ai pu m'empêcher de demander, d'une voix anxieuse :

— Mais… allez-vous déménager ?

— Non, a promis Paula. Nous avons décidé de tenir bon — du moins, pour l'instant. Impossible de régler ce genre de problème en le fuyant.

— Quelle bonne nouvelle ! Je suis si heureuse, leur ai-je dit.

Je me suis levée et j'ai ouvert la porte du frigo.

— Oh non, ai-je grogné.

— Quoi ? a demandé tante Eileen d'une voix inquiète. Qu'est-ce qui ne va pas ?

Je me suis détournée du frigo rempli d'aliments sains et dégoûtants.

— Vous n'avez pas de Coke diète ?

Après le petit déjeuner, j'ai aidé Paula et tante Eileen à déplacer les meubles du salon, puis j'ai rejoint ma famille à l'église. J'ai fait l'effort d'assister à la messe parce que je voulais faire plaisir à mes parents, et parce que je ressentais un grand besoin d'une journée normale et sans magye.

Après la messe, ma famille a laissé tomber le déjeuner traditionnel au Widow's

Vale Diner en faveur d'une séance de déballage de boîtes à Taunton. Nous sommes rentrés à la maison à quinze heures trente, et j'ai décidé de profiter d'une longue et agréable trempette dans la baignoire avant d'appeler Hunter.

Le bain n'est jamais survenu. Je venais d'ouvrir la vanne d'eau chaude quand j'ai senti Hunter et Sky approcher. En soupirant, j'ai fermé le robinet et je suis descendue au rez-de-chaussée. Que se passait-il à présent ?

J'ai ouvert la porte avant et j'ai attendu. Ils paraissaient tous deux sombres.

— Oui ? ai-je demandé. N'étions-nous pas supposés nous voir plus tard ?

— Ça ne pouvait pas attendre, a-t-il dit.

— Entrez.

Je les ai menés à la salle-repos. Après avoir fermé la porte derrière nous, j'ai demandé :

— S'agit-il de Stuart Afton ?

— Sa condition est stable, a répondu Hunter.

Il s'est tourné vers Sky.

— Dis-le-lui.

— La nuit dernière, a commencé Sky, Bree, Raven et moi étudions les constellations près du vieux cimetière méthodiste. Nous avons aperçu David. Il exécutait un rituel. Un rituel que j'ai reconnu.

— Qu'est-ce que c'était? ai-je demandé.

Sky a jeté un regard à la dérobée du côté de Hunter. Puis, son regard s'est rivé au mien.

— Il faisait une saignée dans le cadre d'un rituel préliminaire à un grand sacrifice qui sera effectué dès que la lune passera au prochain quartier.

— Une saignée? ai-je dit.

Mes yeux passaient de Sky à Hunter.

— C'est une récompense, a dit Hunter. Pour des services rendus. Cela correspond aux marques de rituel que j'ai trouvées dans le champ où tu as senti la présence sombre pour la première fois. Il doit offrir son propre sang pour appeler le *taibhs*, l'esprit sombre. Tu te souviens, c'est ainsi que j'ai conclu qu'il ne s'agissait pas de

Selene. Elle possède suffisamment de pouvoir pour convoquer un *taibhs* sans effectuer ce rituel en particulier.

Je me sentais malade.

— Eh bien, j'imagine que c'est la preuve dont tu avais besoin, ai-je dit à Hunter.

— C'est la preuve qu'il use de magye noire, a dit Hunter. Cela ne le lie pas irrévocablement à Stuart Afton, mais ce n'est qu'une formalité à présent.

— David n'a pas peut-être pas demandé ou accepté l'arrêt cardiaque de Stuart Afton, a indiqué Sky. C'est le genre de prime qui s'ajoute quand on fait affaire avec les ténèbres.

— De toute façon, a dit Hunter, j'ai communiqué avec le Conseil, et on m'a demandé de faire passer un examen officiel à David.

Il y avait quelque chose de terrible dans cette phrase.

— Qu'est-ce que ça signifie ?

— Cela signifie que par les pouvoirs que m'a conférés le Conseil, je dois demander à David s'il a oui ou non fait appel à des énergies sombres, a expliqué Hunter d'une voix qui ne semblait plus lui appartenir. La procédure nécessite la présence de deux sorcières de sang durant l'examen.

Je l'ai regardé.

— Ce sera Sky et Alyce, a-t-il dit pour répondre à ma question silencieuse. Nous y allons maintenant, tout de suite. Attendre plus longtemps ne servirait à rien.

— Je veux y aller aussi, ai-je dit.

Il a secoué la tête, et Sky a paru bouleversée.

— Non, ce n'est pas nécessaire, a-t-il dit. Je suis seulement passé pour te le dire, car j'avais la conviction que tu devais être mise au courant.

— Je viens, ai-je dit d'une voix plus forte. Si David est innocent, cela transparaîtra de son examen. Je veux être là pour l'entendre. Et s'il ne l'est pas…

J'ai avalé ma salive.

— S'il est coupable, je dois l'entendre aussi.

Hunter et Sky ont échangé un long regard, et je me suis demandé s'ils communiquaient par télépathie. Enfin, Sky a haussé légèrement les sourcils. Hunter s'est tourné vers moi.

— Tu ne diras rien, tu ne feras rien et tu n'interviendras d'aucune façon, m'a-t-il avertie.

J'ai levé le menton sans dire un mot.

— Si tu fais quoi que ce soit, a-t-il poursuivi, je serai obligé de te jeter un sortilège de ligotage qui te donnera l'impression que celui de Cal était un jeu d'enfant.

— Allons-y, ai-je dit.

Hunter nous a conduits jusqu'à Red Kill dans sa voiture. Des nœuds de tension s'étaient formés dans mon estomac, et je n'arrêtais pas d'avaler. J'avais froid, j'avais mal et j'étais remplie d'appréhensions. Peu importe à quel point je souhaitais que Hunter ait tort, tous les indices pointaient en direction de David.

Quand nous sommes entrés chez Magye pratique, Alyce a levé les yeux. Elle paraissait fatiguée et malade, ses traits étaient tirés et son teint était pratiquement gris. Dès que je l'ai aperçue, j'ai ressenti sa douleur à l'idée de ce qui allait arriver. Elle aussi, elle croyait David coupable, ai-je réalisé.

— Nous devons trouver David, a dit doucement Hunter.

David a surgi de l'arrière-boutique.

— Je suis ici, a-t-il dit d'une voix parfaitement calme. Et je sais pourquoi tu es ici.

— Nous suivras-tu, alors ? a demandé Hunter.

David a jeté un regard à la dérobée vers Alyce avant de dire :

— Oui. Laissez-moi récupérer mon manteau. Alyce, peux-tu prendre les clés de la boutique ?

— Bien sûr, a-t-elle dit.

David est disparu à l'arrière pour prendre son manteau. Puis, il n'est pas revenu. Nous avons attendu peut-être une minute avant que Hunter ne se précipite à l'arrière du comptoir pour entrer dans l'arrière-boutique. Sky et moi l'avons suivi. La porte de l'arrière-boutique menant à l'extérieur était entrouverte.

— Merde ! a juré Hunter en passant la porte vers un terrain où les mauvaises herbes avaient pris le dessus. Je ne pensais pas qu'il filerait. Stupide, stupide, stupide !

Je n'étais pas certaine s'il faisait référence à David ou à lui-même, mais j'étais trop paniquée pour le lui demander. Sky survolait du regard les arbres au bout du terrain.

— Il est là, a-t-elle dit à Hunter.

Ils ont tous deux bondi jusqu'au bout du terrain parsemé de talles de neige, et je les ai suivis, le cœur serré. Alyce, enveloppée d'un châle couleur lavande, a fermé la marche.

La zone de conifères où David était disparu était sombre et pleine d'ombres. Les arbres étaient assez grands pour bloquer la majorité des rayons du soleil couchant, et nous avons été enveloppés dans une lumière grise et épaisse, scrutant les troncs qui jetaient des ombres, à la recherche de David. J'ai projeté mes sens et j'ai senti Sky, Alyce et Hunter faire de même. C'était étrange de sentir mon pouvoir se joindre aux leurs de cette façon.

Mes sens ont détecté des animaux en hibernation, quelques oiseaux. Sky avait-elle tort? David s'était-il réfugié ici? Où avait-il réussi à masquer sa présence?

Sky s'est soudain retournée.

— Là! a-t-elle crié alors qu'une boule de feu de sorcière filait tout droit en direction de Hunter.

Hunter a levé une main et a murmuré des paroles qui ont dévié le feu de sorcière et l'ont fait rebondir contre un bouclier invisible pour atterrir dans une congère en grésillant.

Le feu de sorcière semblait avoir surgi de derrière une grande épinette du Colorado. Hunter a avancé vers le conifère avec l'intensité silencieuse d'un prédateur.

Une autre boule de feu a été projetée dans sa direction, et il l'a repoussée sans prendre le temps de formuler un sortilège. J'ai réalisé que quelque chose avait changé en Hunter. On aurait dit qu'il attirait du pouvoir vers lui, englobant de l'énergie qui allait bien au-delà de son propre pouvoir déjà considérable, qu'il était lié à la force de la vie qui nous entourait. Mais c'était beaucoup plus que ça.

Ayant entendu ma question silencieuse, Sky a dit :

— Lorsqu'il agit à titre d'investigateur, il peut puiser dans le pouvoir des autres membres du Conseil.

Mon Dieu, quoi d'autre ignorais-je ?

— Ce pouvoir supplémentaire va-t-il le protéger ?

— Oui et non. Le simple fait de puiser ce pouvoir va l'épuiser s'il tente de le faire pendant trop longtemps. Mais le pouvoir va l'aider à contrer certains types d'attaques.

— David Redstone, du clan des Burnhide, je te convoque à répondre à un examen de l'Assemblée internationale des sorcières. Athar de Kithic et Alyce de Starlocket agiront à titre de témoins, a récité Hunter d'une voix froide et impitoyable. Viens vers nous, maintenant.

J'ai entendu David produire un son étrange, comme s'il souffrait, et je me suis demandé quel était le pouvoir des paroles de Hunter.

— Viens vers nous, maintenant! a répété Hunter.

David est sorti en titubant de sa cachette derrière la grande épinette, les yeux fous, guidés uniquement par une terreur purement animale.

Le saphir de l'athamé de Hunter brillait avec puissance. Je l'ai regardé tracer un rectangle de lumière bleue autour du corps de David. David a hurlé et s'est tordu de douleur, prisonnier de la lumière bleue. Hunter s'est avancé vers lui rapidement, et j'ai aperçu la chaîne argentée d'une délicatesse trompeuse — la *braigh* — apparaître dans sa main.

Alyce a porté une main à sa bouche, ses yeux débordant d'angoisse.

Je ne pouvais regarder. J'ai enfoui mon visage contre l'épaule de Sky pendant que Hunter ligotait les poignets de David avec la chaîne argentée. J'ai entendu David crier, et je me suis souvenue comment Cal s'était tordu de douleur quand Hunter avait lié ses poignets.

— Laisse-moi partir, a hurlé David. Je n'ai rien fait de mal!

J'ai ouvert les yeux. David était age-nouillé dans la neige, les mains liées par la chaîne argentée. La peau autour de la chaîne était déjà couverte de cloques rouges et à vif. Des larmes coulaient de ses yeux.

Hunter s'est tenu devant lui, sévère et inflexible.

— Dis-nous la vérité, a-t-il dit. As-tu invoqué un *taibhs* afin que Stuart Afton efface la dette de ta tante?

— Je l'ai fait pour les gens qui habitent en haut de la boutique, a insisté David. Ils se seraient retrouvés à la rue.

Hunter a tiré sur la *braigh*, et David a hurlé d'agonie.

— Oui, a sangloté David. J'ai fait des offrandes au *taibhs* en échange de son aide.

— As-tu offert la vie de Stuart Afton?

— Non, jamais!

Hunter a de nouveau tiré sur la *braigh*, mais David n'a pas changé sa réponse.

— J'ai uniquement demandé au *taibhs* de le faire changer d'idée, a-t-il dit. Je n'ai jamais voulu lui causer de mal. J'ai délibé-rément demandé qu'aucun mal ne lui soit fait quand j'ai jeté le sortilège.

— C'était stupide, a dit Hunter d'une voix étonnamment douce. Ne sais-tu pas qu'il s'agit là de la seule demande que les ténèbres n'exaucent pas? Les ténèbres se nourrissent de la destruction, et quiconque les invoque ne peut les contrôler.

David sanglotait.

Hunter s'est tourné vers nous.

— Alyce de Starlocket, as-tu besoin d'en savoir davantage?

— Non, a dit Alyce d'une voix étouffée en pleurant silencieusement.

— Athar de Kithic? Es-tu convaincue?

— Oui, a dit Sky, presque dans un murmure.

Hunter a posé le regard sur moi alors, une question silencieuse dans ses yeux. Je n'ai pas répondu, mais mes larmes constituaient une réponse suffisante.

Hunter a hoché la tête et s'est agenouillé aux côtés de David. J'ai été surpris de le voir poser une main dans le dos de David pour l'aider à se lever. Hunter paraissait triste, fatigué, et plus vieux que ses jeunes années.

— Sky et moi allons amener David chez nous par mesure de protection, a-t-il dit doucement. Le Conseil décidera de son sort.

20

Ombre et lumière

J'ai attaché la braigh autour de David Redstone aujourd'hui. Morgan y était. Elle a assisté à toute la scène. Je doute qu'elle me pardonnera un jour.

Mais je dois essayer parce que j'ai besoin d'elle. Déesse, j'ai tellement besoin d'elle.

Je pense que je suis en train de tomber amoureux. Et ça me terrifie.

— Giomanach

Après avoir vu David se tenir ainsi, dans les bois enneigés, torturé et honteux, après avoir lu la douleur sur le visage de Hunter en raison de son travail, quelque chose en moi s'est brisé. Sans réaliser ce que je faisais, j'ai pris la fuite. En courant, j'ai trébuché dans la neige. Des branches se sont prises dans mes vêtements. Une petite branche de bouleau s'est emmêlée dans mes cheveux. J'ai continué à courir et j'ai senti mes cheveux être tirés, et la petite branche s'est cassée. De l'arbre est émané un courant de douleur. Tout ce qui était vivant autour de moi souffrait, et je faisais partie de la toile, je souffrais et, en retour, je causais de la souffrance.

Je suis sortie du bois et me suis retrouvée derrière un immeuble à bureaux aux fenêtres noires. Magye pratique n'était pas en vue. Je n'avais aucune idée où j'étais, et c'était le dernier de mes soucis. J'ai continué à courir; mes orteils s'engourdissant dans mes bottes en frappant le goudron. J'étais haletante, mon souffle était court et ma poitrine me faisait mal. Puis, des pas et une présence familière derrière moi. Sky.

— Morgan, arrête, je t'en prie! a-t-elle crié.

Je me suis demandé si je pouvais la semer, mais j'ai réalisé que j'étais trop épuisée pour même le tenter. J'ai ralenti pour me mettre à marcher, le cœur battant, et je l'ai laissée me rattraper.

Elle était haletante aussi. Elle a attendu de reprendre son souffle avant de me dire :

— Ce n'est jamais facile d'être témoin d'une interrogation officielle d'un investigateur.

— Facile ? ai-je pratiquement hurlé. Je me serais contentée de quelque chose de non horrible. Je n'arrive pas à croire que Hunter a *choisi* de faire ça.

La bouche de Sky est devenue béante.

— Tu penses qu'il aime ça ?

J'étais toujours dégoûtée et révulsée par ce que j'avais vu.

— Il a choisi de le faire, ai-je dit. Hunter est devenu investigateur en sachant ce qu'il devrait faire. Il *excelle* à cette tâche.

Un long silence a suivi, puis Sky a dit :

— Si je pensais que tu savais de quoi tu parlais, je te donnerais toute une paire de claques.

Avant de réaliser ce que je faisais, j'ai brandi mon bras, qui a propulsé une boule de feu de sorcière. Instantanément, Sky a levé un doigt, et le feu a pétillé comme un pétard du 4 juillet.

— Tu n'es pas la seule sorcière de sang ici, a-t-elle dit d'une voix basse et fâchée. Et bien que tu possèdes plus de pouvoirs innés que toute autre sorcière que j'ai déjà rencontrée, j'ai beaucoup plus de pratique que toi. Alors, ne te lance pas dans une bagarre que tu vas perdre.

Je n'avais pas eu l'intention de lui jeter du feu de sorcière. J'étais tellement en colère, dégoûtée et épuisée que sa menace avait suffi à provoquer quelque chose en moi.

— Je suis trop fatiguée pour me battre.

— Bien. Alors, reviens-en et écoute-moi un instant. Les gestes de Hunter le blessent davantage que quiconque.

— Alors, pourquoi les pose-t-il ? ai-je demandé d'une voix étranglée. Pourquoi ?

Sky a fourré ses mains dans les poches de son manteau.

— En grande partie en raison de la mort de Linden. Il se sent toujours responsable. Être un investigateur est un moyen pour lui de se racheter. Il a l'impression que s'il protège les autres et les empêche de courtiser les ténèbres, la mort de son frère n'aura peut-être pas été vaine. Mais chaque fois qu'il doit faire quelque chose comme ce qu'il a fait à David, ça le gruge à l'intérieur.

Le vent s'est levé, et j'ai relevé mon collet.

— On dirait qu'il se punit.

— Je crois que tu as raison, a-t-elle admis. Même si le Conseil l'a acquitté des accusations portées contre lui quant à la mort de Linden, Hunter est comme un pitbull. Il ne laisse rien aller ; ni le bien ni le mal. Il demeurera loyal jusqu'à la fin, mais il portera toutes ses peines jusqu'à la mort.

Nous nous approchions d'un autre centre commercial linéaire. J'ai aperçu des néons, des voitures, des gens qui se dépêchaient à entrer dans les boutiques. Cela paraissait si étrange que le monde normal existait si près des bois où David avait été ligoté par une magye ancienne et terrible.

— Je ne comprends toujours pas comment Hunter peut supporter d'être un investigateur, ai-je dit. On dirait qu'il a choisi d'être misérable.

Sky s'est tournée pour me faire face.

— Il y a une autre façon de le voir, tu sais. Hunter a vu la destruction et le chagrin causés par les ténèbres, et il a dédié sa vie à les combattre. Il combat pour le bien, Morgan. Comment peux-tu le détester pour ça ?

— Je ne peux pas, ai-je dit doucement. Je ne le déteste pas.

— Je dois te dire autre chose, a-t-elle continué. À titre d'unique descendante de Belwicket, tu dois réaliser à quel point il est vital que tu l'aides dans ce combat. Nous ne pouvons pas laisser la vague sombre gagner.

J'ai secoué la tête, hébétée.

— Je pensais que j'étais finalement à l'aise avec tout ça — être une sorcière de sang, être adoptée, même faire face à Cal et à ce qu'il m'a fait subir. À présent, il y a une guerre contre la vague sombre aussi.

— Oui, a dit Sky. Et c'est une guerre aussi atroce et pénible que les autres. Je suis désolée que tu sois prise au beau milieu.

— Ma famille ne sait même pas que les ténèbres existent.

— Je ne serais pas prête à dire ça. Ils sont catholiques, non ? L'Église a une notion plutôt bien définie du mal. Elle lui donne des noms différents et utilise des moyens différents pour le combattre. Les ténèbres et le mal ont toujours fait partie du monde, Morgan.

— Et je suis une des chanceuses qui se trouvent tout près ?

Sky a souri.

— Quelque chose comme ça. Ton seul réconfort est de savoir que tu n'es pas seule dans ce combat.

Elle a hoché la tête vers une cabine téléphonique au bout du centre commercial linéaire.

— J'ai dit à Hunter d'amener David à la maison. Nous ferions mieux d'appeler quelqu'un si nous voulons rentrer aussi. Peut-être Bree ?

J'ai fouillé dans ma poche à la recherche de monnaie.

— Je vais l'appeler.

Bree est venue nous chercher et nous a conduites à la maison. Je suis allée au lit immédiatement, et le lendemain, je me suis tenue à l'écart à l'école. J'ai évité les autres membres de mon assemblée, j'ai même évité les amis qui ne faisaient pas partie de ma vie wiccane. Je n'étais que douleur. J'avais l'impression d'avoir été battue, blessée, trahie par ma propre lignée. Je ne pouvais m'empêcher de penser au premier cercle que j'avais eu en compagnie de Cal. La Wicca m'avait semblé si belle à l'époque. À présent, elle était emmêlée à la douleur.

Après l'école, j'ai reconduit Mary K. à la maison et je me suis enfermée immédiatement dans ma chambre avec mes devoirs — le calcul, l'histoire et l'anglais étaient rassurants dans leur banalité. Je ne voulais rien avoir à faire avec la magye. Mary K. a passé la tête dans l'embrasure de ma porte à un moment donné pour m'indiquer qu'elle allait chez son amie Darcy et qu'elle serait de retour pour le dîner.

C'était mon tour de préparer le repas alors, à dix-sept heures trente, je suis descendue à la cuisine et j'ai fouillé dans le garde-manger et le congélateur. J'ai trouvé du bœuf, des oignons, des tomates en conserve, de l'ail, des piments verts doux en conserve et une boîte de mélange à pain de maïs.

Je déposais des oignons en dés dans la poêle en fonte quand j'ai senti la présence de Hunter. Merde, ai-je pensé, que veux-tu maintenant ? En me résignant, j'ai éteint le feu sous la poêle.

Hunter franchissait l'allée quand j'ai ouvert la porte. Il paraissait épuisé.

— Je prépare le dîner, ai-je dit.

J'ai tourné les talons pour regagner la cuisine. Je savais qu'il souffrait, mais je ne pouvais pas le regarder. Malgré ce que Sky m'avait dit, malgré la vérité qui se trouvait dans mon cœur, tout ce que je pouvais voir alors était l'investigateur.

Il m'a suivie dans la cuisine. J'ai rallumé le brûleur sous la poêle et j'ai commencé à hacher les tomates.

— Je suis venu voir comment tu te portais, a dit Hunter. Je sais que ce qui s'est passé hier a été pénible pour toi.

— Ça n'a pas eu l'air d'être de la tarte pour toi non plus.

Il se mouvait comme s'il avait subi toute une raclée.

— C'est toujours difficile, a-t-il dit à voix basse. Et je n'ai pas réussi à détourner toutes les flammes de feu de sorcière qu'il m'a jetées.

J'ai été étonnée de réaliser à quel point j'étais effrayée à l'idée qu'il soit blessé.

— Tu vas bien ? ai-je demandé.

— Je vais m'en remettre.

J'ai ajouté les piments doux et les tomates dans la poêle, et j'ai versé le mélange à pain de maïs dans un bol.

— J'ai de mauvaises nouvelles, a dit Hunter. J'ai reçu la réponse du Conseil. Ils ont arrêté leur jugement sur David.

J'ai échappé la cuillère de bois que je tenais. Hunter s'est penché en même temps que moi pour la ramasser. Il l'a saisie et me l'a remise.

— David doit être ligoté, et sa magye doit lui être retirée.

La mâchoire de Hunter tremblait, et j'ai su avec certitude que tout ça était plus difficile pour lui que pour quiconque, à l'exception peut-être, dans ce cas, de David. David m'avait déjà dit que les sorcières peuvent perdre l'esprit si elles ne peuvent plus exercer leur magye.

— Alors, le Conseil lui retire ses pouvoirs ? ai-je demandé.

Le visage de Hunter paraissait cru sous les fluorescents de la cuisine.

— Je les lui retire. Demain, chez moi, au coucher du soleil. J'ai besoin de témoins. Quatre d'entre eux — des sorcières de sang.

Je l'ai toisé du regard et en voyant la souffrance sur son visage, j'ai su ce qu'il voulait me demander.

— Non, ai-je dit en reculant. Tu ne peux pas me demander de participer à ça.

— Morgan, a-t-il doucement dit.

Soudain, je pleurais, incapable de retenir les larmes plus longtemps.

— Je déteste tout ça, ai-je sangloté. Je déteste que de posséder la magye signifie que je dois participer à ça. Je n'ai jamais demandé une telle chose. Je suis fatiguée, j'ai mal et je ne veux plus avoir mal.

— Je sais, a dit Hunter d'une voix brisée.

Ses bras m'ont entourée, et je me suis laissée tomber contre sa poitrine. Quand j'ai levé les yeux, j'ai constaté que ses yeux étaient mouillés de larmes.

— Je suis tellement désolé, Morgan.

À ce moment, je me suis rappelé une chose que Cal m'avait dite : il y a de la beauté et de l'ombre dans tout. Du chagrin dans la joie, de la vie dans la mort, des épines sur les roses. Je savais que je ne pouvais pas échapper à la souffrance et au tourment davantage que je pouvais renoncer à la joie et à la beauté.

Je me suis raccrochée à Hunter en sanglotant, au milieu de ma cuisine. Il a murmuré des mots qui n'avaient aucun sens tout en caressant doucement mes cheveux. Enfin, mes sanglots se sont calmés, et je me suis soustraite à ses bras. En m'essuyant les yeux, j'ai éteint le feu sous la poêle avant que tout brûle.

Hunter a pris une grande respiration avant d'essuyer une larme sur ma joue.

— Regarde-nous. Deux sorcières redou-tables qui tombent en miettes.

J'ai attrapé un mouchoir sur le comptoir et je me suis mouchée.

— Je dois avoir l'air horrible.

— Non. Tu ressembles à une personne qui a le courage de faire face à ce qui peut lui briser le cœur, et je te trouve… belle.

Puis, ses lèvres ont trouvé les miennes, et nous nous sommes embrassés. D'abord, le baiser était doux, rassurant, puis, une force en moi a pris le contrôle, et je me suis serrée contre lui avec une urgence et une intensité qui nous a secoués tous les deux. On aurait dit qu'il y avait quelque chose en Hunter que je désirais avec une faim que je pouvais à peine reconnaître — il y avait quelque chose en lui dont j'avais autant besoin que l'air que je respire. Et, de toute évidence, il ressentait la même chose.

Lorsqu'il s'est retiré, j'ai eu l'impression que ma bouche était enflée, que mes yeux étaient énormes.

— Oh, ai-je dit.

— Oh, en effet, a-t-il doucement dit.

Nous sommes restés debout là pendant un long moment à nous regarder comme si nous nous apercevions pour la première fois. Mon cœur battait à folle allure, et je me demandais quoi dire quand j'ai entendu la voiture de mon père se garer dans la cour.

— Eh bien, a dit Hunter en passant la main dans ses cheveux. Je ferais mieux d'y aller.

— Oui.

Je l'ai raccompagné jusqu'à la porte et soudain, je me suis rappelé la raison de sa visite.

— Ça sera terrible, demain, n'est-ce pas? ai-je demandé.

— Oui.

Il a attendu sans me regarder.

— D'accord.

J'ai appuyé la tête contre l'embrasure de la porte.

— J'y serai, ai-je dit en retenant mes larmes. Oh, Déesse, est-ce que je vais ressentir du bonheur à nouveau?

— Oui.

Hunter m'a embrassée de nouveau, furtivement.

— Tu vas voir. Je te le promets. Mais pas avant que demain ne soit passé.

Mardi, au coucher du soleil, nous nous sommes réunis chez Hunter et Sky pour la cérémonie. Sky et Hunter étaient là, bien entendu, de même qu'un adolescent maigre qui m'était familier.

— D'où est-ce que je te connais ? ai-je demandé.

— Probablement de la fête chez Magye pratique. Je suis le guitariste de The Fianna. C'était une belle soirée, a-t-il tristement dit.

— Tu es le neveu d'Alyce ?

Il a hoché la tête avant de me tendre la main.

— Diarmuid.

Il a remué, visiblement mal à l'aise.

— C'est une occasion plutôt minable pour des présentations officielles.

— Alyce viendra ? ai-je demandé.

— Elle est déjà ici, a-t-il dit d'un ton sinistre. Elle a fondu en larmes dès qu'elle a passé la porte. Elle est à l'étage avec Sky en ce moment. Tatie Alyce veut toujours voir ce qu'il y a de meilleur en chaque personne.

Elle n'arrive toujours pas à y croire… que David a invoqué les ténèbres. Il est un ami très cher, tu sais.

Lorsque tout le monde s'est rassemblé, nous étions cinq dans le salon : Hunter, Sky, Alyce, Diarmuid et moi. Sans dire un mot, Hunter nous a menés dans la pièce à l'arrière de la maison.

Des bougies scintillaient sur l'autel et dans chacun des quatre coins de la pièce. Dehors, le vent soufflait sur le ravin et retentissait comme une mélopée funèbre dans la pièce.

David était agenouillé au centre de la pièce, à l'intérieur d'un pentagramme d'une lumière saphir brillante. Il portait une chemise et un pantalon blancs tout simples. Il était nu-pieds. Ses mains étaient liées dans son dos et sa tête était penchée vers l'avant. Il paraissait fragile et effrayé. Je brûlais d'envie de le prendre dans mes bras pour le réconforter du mieux que je pouvais. Mais je savais que je ne pouvais pas franchir la lumière.

Hunter a fait un geste de la main, et nous nous sommes tous tenus sur une pointe du pentagramme pendant que Hunter se plaçait au sommet. J'ai remarqué un tambour sur le sol derrière Sky. Alyce se tenait silencieusement, ses yeux remplis de douleur rivés sur David.

Hunter a entouré le pentagramme d'un cercle de sel, a tracé le signe des quatre orientations et a invoqué le gardien de chacune.

— Nous invoquons la Déesse et Dieu, a-t-il commencé, pour qu'ils soient avec nous à l'occasion de ce rituel de justice. Avec le coucher du soleil, nous reprenons à David Redstone la magye que vous lui avez donnée.

» Il ne sera plus une sorcière. Il ne connaîtra plus la beauté de votre pouvoir. Il ne causera plus de mal. Il ne sera plus l'un d'entre nous.

» David Redstone, l'Assemblée internationale des sorcières a arrêté son jugement à ton sujet, a poursuivi Hunter d'une voix neutre. Tu as invoqué un esprit sombre et, par conséquent, un homme a failli mourir. Pour cette raison, tu dois être puni, et tes pouvoirs doivent être repris. Comprends-tu ?

David a levé la tête pour la hocher. Ses yeux étaient fermés, comme s'il ne pouvait supporter de les garder ouverts.

— Tu dois répondre, a dit Hunter. Comprends-tu la punition que tu subis actuellement?

— Oui.

La voix de David était à peine audible.

Alyce a refoulé un cri de désarroi, et j'ai aperçu Diarmuid lui prendre la main.

— La colère n'a pas sa place ici, nous a avertis Hunter. Nous sommes ici au nom de la justice et non de la vengeance. Commençons.

Sky a commencé à battre le tambour lentement et solennellement. Les battements du tambour ont semblé se poursuivre sans fin. Graduellement, j'ai remarqué que quelque chose remuait dans la pièce. Le tambour nous guidait, avait un effet subtil sur chacun d'entre nous afin que notre respiration s'harmonise avec son rythme, que notre pouls le suive et que notre énergie soit réunie et se mette à parcourir la lumière bleue du pentacle pour y tracer une ligne blanche éclatante.

J'ai vu David se replier sur lui-même comme pour se faire plus petit afin que ni la lumière bleue ni la lumière blanche ne le touchent.

Les battements du tambour ont accéléré, sont devenus plus insistants, et la lumière s'est intensifiée. L'énergie des cinq sorcières de sang formait un tout à présent. L'énergie qui flottait autour du pentagramme crépitait de puissance. Nous nous sommes tenu la main pour puiser dans notre pouvoir, et je suis presque fondue en larmes en sentant mon énergie émaner de moi, familière et forte.

Hunter a fait un pas vers l'avant pour toucher le pentagramme avec le manche de son athamé. Pendant une seconde, le poignard s'est illuminé d'une lumière blanche et bleue. La lumière a continué à définir le pentagramme, mais à présent, Hunter marchait autour pour dessiner une spirale de son athamé autour de David, et les lumières saphir et blanche ont aussi resplendi en une spirale.

J'ai observé notre pouvoir flotter en une spirale, et la spirale s'est mise à tourbillonner autour de David. Il a gémi alors que l'image transparente et enfumée d'un garçon que je reconnaissais comme étant David enfant est apparue pour disparaître dans les tourbillons de la spirale. Ont suivi des images de David vêtu de sa robe de cérémonie, un athamé à la main, jetant des sorts. David trouvant un oiseau blessé et dessinant une rune de guérison sur lui pour ensuite le regarder s'envoler de ses mains avec joie. David faisant le graphique des phases de la lune et de ses effets sur la marée. David effectuant un présage dans un cristal. David purifiant Magye pratique à l'aide de cèdre et de sauge. David face à un autre homme dans un cercle, chantant en parfaite harmonie. Toutes ces images le quittaient et s'envolaient dans la spirale comme des esprits qui s'évadaient. Et à chaque image qui le quittait, il sanglotait de douleur ; un homme observant tout ce qu'il aimait être détruit. Ces expériences l'avaient modelé, il les avait utilisées pour se définir. Elles avaient tissé la toile de sa vie, et nous la défaisions.

Lorsque la dernière touche de magye que possédait David a disparu dans les boucles de la spirale, Hunter a avancé le manche de son athamé pour y attirer la spirale illuminée.

— David Redstone, sorcière des Burnhide, n'existe plus, a doucement dit Hunter. La Déesse nous apprend que toute fin est aussi un commencement. Puisse-t-il y avoir une renaissance dans cette mort.

Les battements de tambour ont enfin cessé et, au même moment, la lumière saphir du pentagramme s'est éteinte. David s'est effondré sur le sol, une coquille vide. J'aurais voulu tomber moi aussi, mais je suis demeurée debout en ayant l'impression que, si je bougeais, je m'effriterais en un million de pièces cassantes.

Alyce s'est lentement penchée pour passer ses bras autour de David.

— Que la Déesse soit avec toi, a-t-elle murmuré.

Puis, Diarmuid a dû la faire sortir de la pièce, car ses sanglots étaient devenus incontrôlables.

Dévastée, Sky a silencieusement observé Hunter couper les liens sur les poignets de David et l'aider doucement à se lever.

— Je vais te donner des herbes pour t'aider à dormir, a dit Hunter à David.

L'investigateur sévère avait quitté Hunter et, à présent, il semblait uniquement tendre et triste.

— Suis-moi, a-t-il dit en prenant la main de David.

David s'est laissé mener en avançant à pas hésitants, comme un enfant perdu dans le corps d'un homme.

Sky a passé une main dans ses cheveux et a poussé un souffle.

— Est-ce que ça va ? m'a-t-elle demandé alors qu'ils quittaient la pièce.

— Ce n'était pas ce à quoi je m'attendais, ai-je dit. Je pensais que ça ressemblerait davantage à la *braigh*.

— Tu veux dire, une torture physique ?

J'ai hoché la tête.

— C'était plus doux, mais en même temps, tellement plus difficile.

J'ai songé au fait que Selene voulait me voler mes pouvoirs. Déesse, à quoi cela aurait-il ressemblé ? Je ne voulais pas y penser.

— Je ne veux plus jamais faire une telle chose.

Sky a parcouru chaque coin de la pièce pour éteindre les bougies, mais a laissé celles de l'autel allumées.

— Sortons d'ici, a-t-elle dit en frissonnant. Je vais revenir y faire une cérémonie de purification demain matin.

Je l'ai suivie au ralenti vers le salon.

— Nous avons découvert ce qui est arrivé, tu sais, a dit Sky. Le *taibhs* a tellement terrifié Afton qu'il ne voulait plus rien avoir à faire avec la boutique. Voilà pourquoi il a effacé la dette. Plus tard, le stress provoqué par cette rencontre a causé l'arrêt cardiaque. Recevoir les muffins d'Alyce l'a fait basculer.

— Tu veux dire qu'Alyce…

C'était incroyable.

— Elle les a envoyés pour le remercier. Mais les forces des ténèbres ont des effets pervers, et sa gentillesse a provoqué un événement terrible.

Sky a porté un doigt à ses lèvres.

— Elle ne le sait pas, et j'espère que tu ne le lui diras pas. Cela la blesserait horriblement.

J'ai hoché la tête. Puis, une pensée m'est venue.

— Qu'arrivera-t-il à la boutique maintenant ?

— Hunter a parlé à Afton. Il se porte un peu mieux, mais il ne veut rien avoir à faire avec Magye pratique. L'entente pour la chaîne de librairies a échoué et l'immeuble a perdu sa valeur.

Sky a haussé les épaules.

— Je pense qu'Alyce devra probable-ment rembourser la dette, mais Afton semble vouloir collaborer avec elle pour l'échéance. Elle pourra garder la boutique ouverte.

Elle a touché mon épaule dans un geste de réconfort avant de quitter la pièce.

J'ai entendu Hunter descendre l'escalier et je me suis tournée vers lui.

— Morgan, a-t-il dit. Tu es toujours ici.

Il paraissait épuisé et beaucoup plus vieux qu'auparavant. Il s'est avancé pour se tenir devant moi.

— Merci. Je sais à quel point ç'a été difficile pour toi.

Je l'ai regardé. Il n'était pas un monstre. Il avait fait ce qu'il devait faire, et pendant toute l'expérience, un sous-courant de compassion avait émané de lui, de Hunter vers nous tous.

— J'ai quelque chose pour toi.

Il a enfoui sa main dans sa poche pour en extirper un cristal à facettes translucide.

— Un quartz? ai-je deviné.

Il m'a jeté un regard qui m'annonçait clairement que je me trompais.

— Oh, Hunter, je t'en prie. Je suis trop épuisée pour jouer aux devinettes.

— Dis-moi ce que c'est, a-t-il doucement dit.

Alors, j'ai essayé en songeant aux pierres que j'avais appris à reconnaître et en tentant de trouver le nom approprié. Zircon? Danburite? Diamant? Albite? Ça ne pouvait être une pierre de lune. Frustrée, j'ai projeté mon énergie vers la pierre pour lui demander de me révéler son nom. La réponse que j'ai reçue n'avait aucun sens.

J'ai levé les yeux vers Hunter, déconcertée.

— Elle me dit béryl, mais c'est impossible. Le béryl est soit une aigue-marine ou une émeraude, et ce n'est pas…

— Morganite, m'a-t-il dit. La pierre de ton nom ; une autre forme de béryl.

— Morganite ?

— Elle change de couleur sous les rayons du soleil. À différents moments de la journée, elle peut être blanche, lavande, rose et même bleu clair. C'est une pierre de guérison puissante. Et elle peut faire autre chose.

Il a serré la pierre dans sa main. Il m'a regardée, et ses yeux verts étaient aussi insondables que la mer.

— Si une sorcière de sang la tient et projette de l'énergie dans la pierre, elle révélera ce qui se trouve au plus profond de son cœur.

Hunter a ouvert la main, et au centre du cristal, j'ai aperçu mon visage.